"Nous n'avons [...] de vous !" prot[...] [...]ey

"Quand nous aurions souhaité vous avoir à nos côtés, vous n'y étiez pas. Nicky et moi vivions parfaitement heureux jusqu'à aujourd'hui," renchérit-elle.

Le visage de Kenny devint pâle comme le marbre : "Encore une fois, vous parlez pour vous. Un enfant a besoin de ses deux parents, Audrey. Dès l'instant où j'ai compris qu'il était mon fils, j'ai su qu'il devait faire partie de ma vie…"

"Oui, vous l'avez conçu, mais dans quelles conditions ! En abusant de la confiance d'une jeune femme innocente, dans le seul but de réussir un reportage. Et vous osez l'appeler votre fils ! Epargnez-moi au moins votre hypocrisie…"

Celle d'autrefois

Penny Jordan

Harlequin Romantique

PARIS · MONTREAL · NEW YORK · TORONTO

Publié en juillet 1983

ISBN 0-373-41196-0

Dépôt légal 3ᵉ trimestre 1983
Bibliothèque nationale du Québec et Bibliothèque nationale
du Canada.

Imprimé au Québec, Canada—Printed in Canada

1

Les bras chargés d'une pile de dossiers poussié-
reux, Audrey gravissait prudemment l'escalier de
service du Daily Globe. Au troisième étage, elle
s'arrêta un instant pour reprendre son souffle, puis
traversa un long couloir recouvert d'une épaisse
moquette, et poussa du pied la porte à double
battants qui abritait les bureaux de la direction. En
s'approchant de sa table de travail, elle eut un
froncement de sourcils à la vue de la veste de tweed
négligemment posée au travers de son fauteuil.
Douglas Simpson, son patron, recevait de nombreux
visiteurs, mais rares étaient ceux qui portaient des
vêtements d'une telle qualité.

Comme elle se débarrassait de son fardeau, le
bruit d'une conversation lui parvint de la pièce
voisine.

— J'ai suivi votre carrière au télégraphe, disait
Douglas. Vous avez accompli un travail remarqua-
ble. Je suis persuadé que vous n'aurez aucun mal à
vous adapter à cette nouvelle fonction.

— Puissiez-vous dire vrai...

Bien qu'étouffée par la cloison, la voix de
l'homme trahissait une grande dureté. Audrey se
sentit gagnée par une sourde inquiétude.

— Bien sûr, il y a Audrey...

La jeune femme tendit l'oreille.

— Audrey ? répéta le visiteur de sa voix grave.

— Miss Winters, ma secrétaire. La vôtre à partir d'aujourd'hui. Elle vous causera peut-être quelques difficultés au début. Mais elle s'habituera vite à votre présence.

— Des difficultés ? Je ne m'étonne plus à présent que la vente du journal soit en baisse... Si une simple secrétaire se permet d'imposer ses états d'âme !

Audrey serra les poings. Elle faillit se précipiter dans le bureau de Douglas pour l'interroger plus avant. De quoi voulait-il parler ? N'avait-il pas eu toujours à se louer de ses services ? N'était-il pas le premier à vanter les qualités de la jeune femme ?

Elle était absente lorsque Douglas avait annoncé au personnel le rachat du journal par un groupe financier américain. A son retour de vacances, elle avait appris la nouvelle avec anxiété. Ses craintes ne tardèrent pas à se confirmer, car, quelque temps après, Douglas lui avouait son intention de quitter la direction du Globe et de partir pour les Etats-Unis dès l'arrivée de son remplaçant. Depuis, les rumeurs les plus contradictoires avaient circulé sur l'identité de ce dernier. On prétendait qu'il venait de New York, et Audrey qui n'avait pas grande estime pour les Américains s'était résolue à envisager son avenir sous les plus sombres auspices.

Elle fixa la porte d'un regard noir. Douglas n'avait pas le droit de parler d'elle en ces termes.

— A quoi ressemble-t-elle ? s'enquit alors l'inconnu. Un dragon en jupon ? Une féministe arrogante et forcenée ?

— Détrompez-vous. Elle est des plus attirantes, et bien des femmes doivent lui envier sa silhouette.

La jeune femme commençait à éprouver un vif

ressentiment à l'égard de son patron. Jamais jusqu'alors, il ne s'était permis la moindre allusion à son apparence physique. Elle ne l'aurait d'ailleurs pas toléré.

— Mais ne vous avisez surtout pas d'engager le plus petit flirt avec elle, continua-t-il sur le ton de la mise en garde. Elle a des relations difficiles avec le personnel masculin. Les hommes semblent à la fois l'irriter et l'effaroucher. Sans doute quelque ancienne peine de cœur...

— Vous voulez dire une déception sentimentale qui aurait provoqué en elle la haine des hommes ? Voyons, Douglas, nous sommes au xxᵉ siècle !

— Certains êtres réagissent plus violemment que d'autres à ce genre d'événements. Il n'est pas rare que la sensibilité d'une jeune fille en soit durablement affectée. Quoi qu'il en soit, je vous demande de ne pas accorder trop d'importance à sa froideur. Elle est intelligente et efficace. C'est la meilleure secrétaire que j'aie jamais eue.

— Je veux bien vous croire. Mais si elle cherche la douceur et la tranquillité, elle ne devrait pas travailler dans un journal. Aucune secrétaire n'est irremplaçable. Même la meilleure...

Audrey crispa les doigts sur le rebord de son bureau. L'été précédent, il y avait eu de nombreux licenciements au Globe, et elle avait craint de perdre son poste. Cette idée lui était insupportable. Sa vie entière dépendait de son travail, et elle aurait tout sacrifié plutôt que de retrouver la solitude qu'elle avait connue quelques mois auparavant. Mais aujourd'hui, Douglas s'apprêtait à quitter le journal. Désormais, il lui faudrait travailler auprès d'un homme que déjà elle détestait. Dans la pièce voisine, la discussion se poursuivait. Le plus souvent, Douglas prenait la parole, de sa voix chaude et paisible. De temps à autre, l'inconnu l'interrompait d'une remarque brève où perçait un caractère autoritaire et décidé. Mais, pour laconiques qu'ils fussent, ses rares commentaires suffisaient à démentir tous les bruits qui avaient circulé depuis l'annonce du rachat du journal, sur la nationalité du nouveau directeur. Il s'exprimait en effet dans le plus pur accent britannique.

Perdue dans ses pensées, Audrey ne percevait plus la voix des deux hommes que dans un lointain brouhaha. Elle s'éloigna de la cloison et fit quelques pas d'une démarche incertaine. Soudain, la sonnerie aiguë de l'interphone la fit sursauter. Plusieurs secondes s'écoulèrent avant qu'elle ne songeât à appuyer sur la touche de l'appareil.

— Venez dans mon bureau, voulez-vous, Audrey.

Elle ouvrit un tiroir, prit rapidement son bloc de sténographie et son crayon avant de jeter un bref coup d'œil dans le miroir. Ses cheveux roux finement bouclés encadraient l'ovale parfait de son visage. Son teint, plus pâle encore que de coutume, contrastait singulièrement avec ses grands yeux verts empreints de mélancolie. Lorsqu'un homme cherchait à gagner ses faveurs, ce regard limpide savait se durcir pour ne plus révéler alors qu'un insondable mépris. Elle n'avait que vingt-trois ans, mais ses traits sévères auraient pu appartenir à une femme plus mûre.

Combien de fois ne s'était-elle pas entendu reprocher sa réserve et sa froideur ! Un soupirant sèchement éconduit avait même un jour déploré en elle une absence totale de sentiments. Loin de l'offenser, ces remarques la confortaient dans son hostilité pour l'espèce masculine. Elle ne ressentait que haine et rancœur pour les hommes qui tentaient de lui faire la cour.

Pourtant, tout le monde enviait à Douglas sa secrétaire. Elle était calme, honnête et digne de confiance. A son bureau de neuf heures du matin à six heures du soir, elle ne refusait jamais de sacrifier la pause de midi, voire une soirée entière, à quelque tâche urgente. Certains insinuaient qu'elle n'avait pas de vie privée et que le journal était sa seule famille.

Quand elle ouvrit la porte, Douglas lui adressa un large sourire. Le visage de la jeune femme s'éclaira à son tour. Rapidement son regard se porta sur le visiteur qui ne daigna pas même se retourner pour la saluer. Voyant qu'il ne bougeait pas, Douglas prit la parole :

— Kenny, je vous présente Miss Winters. Audrey, voici Kenny Blake, mon successeur.

A ces mots, elle se sentit défaillir. Quand l'homme consentit enfin à lui faire face, son air d'indifférence céda la place au plus vif étonnement.

— Audrey ? questionna-t-il en fronçant les sourcils.

Il n'avait pas changé. Son long visage osseux conservait tout le charme de naguère. Son épaisse chevelure noire rehaussait l'éclat de ses yeux d'un bleu profond qui n'avaient rien perdu de leur pouvoir de séduction. Seule sa tenue, plus conventionnelle que par le passé, trahissait l'image détestée qu'elle avait conservée intacte dans sa mémoire.

— Kenny aura besoin de toute votre aide, dit Douglas, apparemment insensible au climat d'hostilité qui s'était installé dans la pièce. Je vais lui faire faire le tour des bureaux et le présenter dans les autres services. Nous irons ensuite déjeuner. Si quelque chose d'urgent se présentait d'ici là, faites-vous seconder par Philippe.

Les deux hommes se levèrent et Kenny tendit la main à la jeune femme. En présence de Douglas, elle n'osait manifester ouvertement son aversion. Elle supporta donc comme un supplice la poignée de main du visiteur.

Ayant balbutié un vague salut, elle quitta la pièce en proie à un terrible désarroi.

— Depuis combien de temps Audrey est-elle à votre service ? interrogea Kenny.

— Hum... environ dix-huit mois. Je n'ai jamais eu à me plaindre de son travail.

Douglas qui avait feint, jusqu'alors, de ne rien remarquer du comportement étrange de sa secrétaire, ne put dissimuler plus longtemps sa curiosité :

— Ai-je raison de penser que vous la connaissez déjà ?

— J'ai cru en effet l'avoir déjà rencontrée. Mais c'était une erreur. Il est heureux que ce genre de femmes ne courent pas les rues... Quelle froideur !

Douglas ne répondit pas. Pourtant, il ne pouvait s'empêcher d'envisager avec inquiétude les relations orageuses qu'il pressentait entre Kenny et Audrey.

Quand les deux hommes furent sortis, la jeune femme glissa machinalement une feuille dans le rouleau de sa machine à écrire. Mais elle n'avait pas l'esprit à son travail. Une seule pensée l'agitait : que pouvait-elle faire pour ne plus jamais revoir ce Kenny Blake ? Quitter le journal ? Impossible : elle avait besoin d'un salaire régulier. Elle ferma les yeux et un frisson glacial parcourut son corps tout entier.

Quand la porte du bureau s'ouvrit à nouveau, elle ne put réprimer un sursaut. Mais son calme lui revint aussitôt : il s'agissait de Mathieu Coburn, le sous-directeur du service d'information générale, l'un des rares amis de la jeune femme.

— Quelque chose ne va pas ? demanda-t-il en remarquant la pâleur d'Audrey.

C'était un homme nerveux et peu sûr de lui, victime de l'ironie constante de ses collègues. Un jour, il lui avait confié qu'enfant, il rêvait de devenir peintre ; mais ses parents s'y étaient toujours formellement opposés. Sa femme l'avait quitté deux semaines après Noël. Quatre mois après, il espérait encore qu'elle lui reviendrait un jour ou l'autre. Audrey lui reprochait souvent son manque de fermeté à l'égard de son épouse. A ses yeux, Marie n'était qu'une petite capricieuse sans cervelle.

— Voulez-vous déjeuner avec moi ? proposa Mathieu d'une voix hésitante. Ou peut-être avez-vous un autre rendez-vous...

La jeune femme ne se sentait guère en appétit, mais cette sortie lui changerait les idées. Elle accepta l'invitation. A sa grande surprise, Mathieu la conduisit dans un nouveau restaurant à la mode, très fréquenté par le personnel du journal.

Le maître d'hôtel prit la veste d'Audrey et indiqua au couple une table inoccupée. Comme de coutume, Mathieu consulta le menu en détail et mit un bon quart d'heure avant de se décider. La jeune femme supporta cette attente avec patience et détachement, adressant un mince sourire à son compagnon chaque fois qu'il parvenait à fixer son choix. Dieu merci, il avouait la plus grande ignorance en matière de vins et s'en remettait toujours au garçon pour la sélection des boissons.

Ils venaient d'entamer le plat principal lorsque la table voisine se remplit. Audrey se sentait observée, mais elle n'en laissa rien paraître et se refusa à lever les yeux. Quoiqu'elle s'en défendît, la jeune femme était parfaitement consciente de l'admiration que sa beauté suscitait. Mais, loin de la flatter, cette constatation l'agaçait, et elle n'avait pas son pareil pour affecter en de telles circonstances un air de souveraine indifférence.

Il fallut toute la maladresse de Mathieu pour réduire ses efforts à néant. Depuis quelques secondes, il s'absorbait dans le découpage de sa viande quand, d'un geste trop vif, il renversa son verre de vin, obligeant la jeune femme à se redresser précipitamment pour échapper au liquide qui venait d'éclabousser sa robe. La mine déconfite, le coupable se confondit en excuses, tandis qu'elle s'efforçait, à l'aide de sa serviette, de limiter l'ampleur des dégâts.

L'incident avait attiré l'attention des occupants de la table voisine, qui n'étaient autres que Douglas, Kenny et quatre des principaux rédacteurs du journal. La présence du nouveau directeur mit aussitôt Audrey mal à l'aise, et elle dut se réfugier derrière un pâle sourire, pour dissimuler la gêne que lui causait l'examen attentif de ses yeux bleus.

— Venez vous asseoir avec nous, proposa Douglas en invitant un serveur à changer la disposition des tables. Nous ne tarderons pas à vous rattraper.

Audrey eut souhaité que Mathieu déclinât cette offre. Mais il n'en fit rien, et, peu après, elle se retrouvait assise entre Kenny et Douglas, Mathieu se tenant silencieux auprès de Gaël Wind, sa nouvelle voisine.

Les deux femmes n'étaient jamais parvenues à sympathiser. Gaël était une femme ambitieuse, qui ne cachait pas son goût prononcé pour la compagnie masculine. On murmurait qu'elle connaissait très intimement la plupart de ses collègues de travail. Aujourd'hui, elle déployait ouvertement ses

12

charmes devant Kenny Blake, qui ne semblait rien faire pour l'en dissuader. Audrey se prit à songer qu'il ne tarderait pas à figurer sur la liste de ses conquêtes.

Un des convives tenta d'engager la conversation avec Audrey, mais elle se déroba sèchement, surprise de découvrir que Kenny la considérait d'un air amusé.

— Il y a des années que je rêve de vous rencontrer, minauda Gaël à l'adresse du nouveau directeur. Même avant votre départ pour les Etats-Unis, vous vous étiez rendu très célèbre dans la profession.

— Vraiment ?

Audrey se cramponna à la table avec une force telle que les jointures de ses doigts blanchirent. Depuis qu'elle avait revu Kenny Blake dans les bureaux du Globe, elle redoutait ces paroles fatidiques. Le sort voulait qu'après des années de cauchemar, cette confrontation survînt au moment même où elle parvenait tant bien que mal à se recréer une existence normale. Les nerfs tendus, elle attendait la suite de la conversation avec angoisse, s'efforçant de dissimuler son trouble aux yeux de ses compagnons de table.

— Je veux parler de l'affaire Meyer, continua Gaël d'une voix suave. Le genre d'exclusivité dont rêvent tous les journalistes. Tout le monde le cherchait à l'étranger et vous seul êtes parvenu à savoir qu'il se cachait dans notre pays, et se faisait passer pour le petit ami de sa propre sœur.

— L'affaire Meyer ? questionna Douglas. Vous faites allusion à ce financier corrompu qui avait détourné plusieurs millions de dollars ?

— Oui. Une affaire peu banale, expliqua Kenny. Un cas d'escroquerie non prévu par la loi. Un jour, il a commis une erreur, et on a découvert le pot aux roses. Mais la justice ne pouvait établir le moindre chef d'inculpation. Pendant que la police s'efforçait de réunir des preuves contre lui, le bruit a couru qu'il s'était expatrié.

— C'est alors que vous avez révélé sa cachette ! s'écria Gaël d'un air admiratif. Quelle manchette ! Comment avez-vous découvert la vérité ? Il passait pour un maître du déguisement.

— En effet. Je dois avouer que j'ai eu beaucoup de chance...

— Et une bonne informatrice ! On a dit que vous aviez obtenu tous ces renseignements de la jeune femme qui partageait l'appartement de la sœur de Meyer...

— Je ne révèle jamais mes sources, coupa Kenny dans un mince sourire.

Douglas parut impressionné par cette démonstration de loyauté. Audrey sentait le regard de Kenny fixé sur sa tête baissée. Qu'importait ce qu'il racontait aux autres ! Il ne pouvait à elle, lui dissimuler la vérité.

— Je me demande ce que cette fille est devenue, poursuivit Gaël. Elle aurait été jugée comme complice...

— Jugée ? Mais...

— En tout cas, vous avez mené votre enquête intelligemment, glissa Douglas sans se douter qu'il touchait chez Audrey une corde demeurée sensible.

— Intelligemment ? répéta-t-elle, incapable de contenir plus longtemps son indignation. Vous trouvez donc intelligent de briser la vie d'une femme pour quelques lignes à la Une d'un journal ! Pour ma part, je trouve cela répugnant et...

Elle s'arrêta soudain, découvrant que les autres convives échangeaient des regards surpris et amusés.

14

— Je crois que vous prenez les choses trop à cœur, observa l'un d'eux.

Audrey savait que Kenny guettait sa réaction. Mais elle était maintenant incapable de prononcer un seul mot. Comme elle détestait cet homme !

— Quelque chose ne va pas, Audrey ? interrogea-t-il d'une voix doucereuse. Vous ne semblez pas apprécier énormément ce déjeuner...

— La nourriture est excellente... Mais je vous prie de m'excuser, j'ai du travail.

Elle se redressa péniblement, et, après un regard embarrassé en direction de Mathieu, elle se dirigea lentement vers la sortie. Elle atteignait tout juste le vestiaire lorsqu'elle entendit Gaël lancer d'une voix triomphante :

— Betty Walker ! C'est ainsi qu'elle s'appelait.

Un frisson glacial parcourut sa frêle silhouette.

— Betty Walker, répéta Kenny.

La jeune femme devina à cet instant que les yeux de Kenny était rivés sur elle. Mais elle parvint à gagner la sortie sans se retourner.

Elle reprit le chemin du journal d'une démarche mal assurée. A peine installée derrière son bureau, elle s'empara d'un gros annuaire et composa le numéro d'une agence de travail. A l'autre bout du fil, une jeune employée la laissa exposer sa requête et lui répondit sans détours. Elle lui expliqua qu'en temps normal, sa demande aurait pu être immédiatement satisfaite. Mais, la conjoncture étant très défavorable, elle ne pouvait lui promettre pour les mois à venir un emploi aussi bien rémunéré que celui qu'elle occupait au Daily Globe.

Audrey reposa lentement le combiné, et s'enfonça dans son fauteuil en proie à un profond découragement. Elle avait le sentiment que sa vie ne tarderait pas à redevenir un enfer. Betty Walker. En abandonnant ce nom, elle avait cru se délivrer à jamais du passé. Mais le destin avait choisi de raviver les cicatrices d'une blessure à peine refermée, en lui imposant à nouveau la présence de l'homme qui l'avait tant fait souffrir.

Lorsque le scandale Meyer avait éclaté au grand jour, la presse s'était acharnée sur les protagonistes du drame, n'hésitant pas, dans certains cas, à travestir la vérité pour tenir les lecteurs en haleine. Le rôle joué dans l'affaire par la mystérieuse informatrice avait fait les délices de quelques journalistes peu scrupuleux en mal de copies, et déchaîné les passions de l'opinion. Il ne restait d'autre solution à la malheureuse que de fuir ce déferlement de mensonges et de calomnies, en se réfugiant dans l'anonymat.

Ayant effacé toute trace de son passé et changé son identité, elle se mit alors en quête d'un travail correctement rémunéré et d'un employeur point trop soucieux de connaître les détails de son existence. Par une ironie amère, le sort voulut qu'elle trouvât dans un journal, l'emploi qui lui permettrait de bâtir une nouvelle vie. Séduit par son calme et son intelligence, Douglas lui avait immédiatement accordé son estime et son amitié. Elle lui en conservait une reconnaissance infinie, sachant que jamais elle ne serait en mesure de s'acquitter de cette dette. Le destin tragique qu'elle venait de subir, lui permettait d'apprécier plus que toute autre, le prix d'une simple marque de confiance.

Un sourire douloureux erra sur les lèvres d'Audrey. Des êtres comme Kenny Blake se moquaient bien de ses sentiments. Jadis, pour son malheur, elle lui avait accordé une confiance aveugle. Aujourd'hui encore, tant de crédulité la faisait frémir. Que n'avait-elle éconduit cet homme aimable et sédui-

16

sant qui, trois ans plus tôt, s'était présenté à la porte de l'appartement qu'elle occupait avec Susan. Cette dernière l'avait accueilli avec chaleur, ravie de se prêter à l'interview qu'il sollicitait, pour la rubrique mondaine d'un des plus importants journaux londoniens. Le premier instant de surprise passé, Audrey n'avait manifesté aucune défiance car elle connaissait le mode de vie et les brillantes fréquentations de son amie.

Toutes deux avaient grandi dans le même village. Susan était la fille gâtée d'un riche châtelain, Arthur Meyer. En sa qualité de médecin, le père d'Audrey rendait de fréquentes visites au manoir des Meyer, et les deux enfants avaient été amenées tout naturellement à faire connaissance. Elles avaient fréquenté la même école, sans pour autant devenir des amies intimes, l'exubérance de Susan s'accordant mal avec le caractère timide et réfléchi de la petite Audrey. Pourtant, le hasard rapprocha les deux adolescentes que tout opposait. Après le dramatique accident qui coûta la vie à ses parents, Audrey trouva dans la compagnie de cette camarade joyeuse et insouciante, le réconfort qui lui permit de surmonter ce drame.

Les Walker ne laissaient à leur fille qu'un maigre héritage. Bientôt, elle dut se résoudre à vendre la maison familiale, dernier lien qui l'attachait encore à son village natal. Depuis son plus jeune âge, elle rêvait de devenir avocate. Elle aurait souhaité s'inscrire à l'Université de Londres, mais la crainte de voir fondre ses modestes ressources lui fit renoncer à ses projets et l'orienta vers une école de secrétariat.

Susan, de son côté, nourrissait de plus hautes ambitions. Elle entreprit, grâce à l'argent de ses parents, un cours de haute couture qui l'introduisit rapidement dans les milieux les plus mondains de la capitale. Ce fut elle qui suggéra à son amie de venir partager l'appartement qu'elle occupait aux abords de Hyde Park.

Audrey ne tarda pas à regretter d'avoir accepté cette offre. Les deux jeunes femmes n'avaient rien en commun. La nécessité d'avoir à gagner sa vie le plus tôt possible, imposait à l'orpheline beaucoup de rigueur et d'application dans son travail. Susan au contraire, menait une existence fastueuse, entourée d'une cour de jeunes gens fortunés qui l'entraînaient dans des sorties incessantes ou des surprises-parties tapageuses, prolongées fort avant dans la nuit. Ses relations avec les hommes étaient aussi nombreuses qu'épisodiques, et cette vie sentimentale agitée apparaissait aux yeux de sa compagne comme totalement dénuée de morale. Pourtant, celle-ci se savait incapable d'assumer seule la charge d'un loyer. Il lui fallut donc se résoudre tant bien que mal à cette situation.

En dépit de ses relations étroites avec Susan, la jeune femme n'avait jamais rencontré James Meyer. C'est à peine si elle connaissait l'existence de ce personnage mystérieux, de dix ans plus âgé que sa sœur, et qui exerçait sur cette dernière une véritable fascination. Cependant, toutes les apparences étaient contre elle, et, au moment de l'affaire, personne ne l'avait crue lorsqu'elle avait protesté de son innocence et juré ne rien savoir de la mystification ourdie par le financier. Pour comble de malheur, le seul témoin capable de confirmer ses dires avait subitement disparu, la laissant seule et sans défense, face à une opinion hostile.

Audrey laissa échapper un profond soupir. Kenny pouvait remercier sa bonne étoile : l'absence de Susan l'avait bien aidé ce soir-là. A sa seconde visite,

18

il avait trouvé la jeune femme seule, et celle-ci n'avait pas hésité à se confier à cet interlocuteur attentif qui, l'espace de quelques heures, lui faisait oublier l'univers de détresse et de solitude dans lequel elle évoluait depuis la mort de ses parents.

Pas une seconde elle n'avait douté de sa bonne foi, et, c'était le cœur débordant de joie, qu'elle avait accepté son invitation à dîner. Longtemps encore après l'établissement des faits, elle se refusa à admettre la triste vérité. Pourtant, il lui fallut bien se rendre à l'évidence : Kenny Blake n'avait pas hésité à se servir d'elle et à trahir sa confiance, dans le seul but de lui soutirer des renseignements sur les Meyer et de mener à bien son enquête.

En rentrant du restaurant, ils avaient trouvé Susan en compagnie de son nouvel amant. Plus tard, les journaux révélèrent que James Meyer possédait à fond l'art du déguisement. Mais jamais Audrey n'aurait pu imaginer que cet étudiant souriant qui ne manquait pas de la saluer aimablement à chacune de ses visites, dissimulait un financier corrompu menacé par la justice de son pays. Il venait souvent à l'appartement, et Susan le conduisait dans sa chambre où ils s'enfermaient des heures durant. Aux questions de Kenny sur le fiancé de son amie, elle avait répondu en toute simplicité. Elle lui avait même révélé que le couple projetait un prochain séjour à l'étranger, sans se douter que ce voyage n'était qu'une mise en scène destinée à masquer la fuite de James Meyer.

Le lendemain soir, Kenny avait emmené la jeune femme dans une boîte de nuit à la mode. Elle portait un corsage fin et une robe de cotonnade imprimée de motifs orientaux. Le journaliste était un merveilleux danseur et, plusieurs fois au cours de la soirée,

Audrey sentit un délicieux frisson parcourir tout son être au contact de ses mains chaudes et robustes.

Comment un homme aussi séduisant pouvait-il s'intéresser à elle ? Dans la voiture, il avait glissé son bras autour de sa taille, sans qu'elle songeât à lui échapper. Pas un instant elle n'avait douté de ses sentiments. Quand leurs lèvres s'étaient unies dans un abandon réciproque, elle s'était livrée avec ferveur à ce tendre aveu.

Sur le chemin du retour, un silence complice les avait enveloppés. Pour la jeune femme, cette soirée représentait l'aboutissement naturel du sentiment qu'elle éprouvait depuis la première minute de leur rencontre. Ivre de bonheur, elle contemplait son compagnon avec des yeux remplis d'amour. Plus tard, elle devait se rappeler avec une poignante amertume de quelle manière il avait coupé le moteur bien avant qu'ils parviennent à destination.

— Ne me regardez pas ainsi, avait-il murmuré d'une voix mal assurée.

Dans son innocence, elle pensait qu'il cherchait à la mettre en garde contre lui-même et contre le trouble qu'elle éveillait en lui. Si seulement elle avait alors décelé la vérité !... Tout au long de leur relation, il avait toujours conservé son sang-froid et maîtrisé parfaitement la portée de ses actes. Il l'avait manipulée comme une marionnette et elle n'avait pas opposé la moindre résistance.

Quand ils rentrèrent, l'appartement était plongé dans l'obscurité. Susan passait le week-end chez ses parents. Son père venait d'être victime d'un malaise cardiaque, et sa mère avait sollicité la présence de sa fille à son chevet. Elle s'était exécutée de mauvaise grâce, car elle détestait la campagne et n'éprouvait guère d'affection pour ses parents.

L'air frais de la nuit qui pénétrait à travers les

fenêtres entrebâillées du salon, avait secoué le corps de la jeune femme d'un léger tremblement. Sourd à ses protestations, il s'était défait de sa veste et l'avait posée sur les épaules de sa compagne. La frêle silhouette d'Audrey paraissait flotter dans ce vêtement bien trop large pour elle et, à ce spectacle, ils éclatèrent tous deux d'un rire joyeux. Redevenus sérieux, ils se regardèrent un instant en silence et franchirent les quelques pas qui les séparaient.

Il la tenait serrée contre sa poitrine depuis un long moment, quand ses doigts s'insinuèrent sous l'étoffe légère de son corsage et effleurèrent sa peau, éveillant en elle des sensations inconnues jusqu'à ce jour. Un gémissement à peine perceptible s'échappa de ses lèvres quand la bouche de Kenny glissa lentement sur sa joue et vint se poser derrière son cou.

— Vous êtes très belle, avait-il murmuré en l'enveloppant d'un regard admiratif.

Elle avait oublié comment il l'avait entraînée vers sa chambre. Mais elle se souvenait de la douceur de ses caresses, de l'émotion qui s'était emparée d'elle au contact de sa peau et de cette vague de désir qui parut bouillir en elle avant de se répandre dans tous ses membres, telle la lave d'un volcan.

Le corps de Kenny avait la grâce et la perfection d'une statue antique. Elle eût aimé rester à ses côtés pour l'éternité. Il murmurait à son oreille des mots qui la troublaient comme une caresse et remplissaient son cœur d'allégresse.

La pensée qu'il prendrait bientôt possession de son corps n'avait éveillé en elle aucune crainte. Ses gestes d'une délicatesse infinie et ses paroles apaisantes avaient banni de son esprit tout sentiment de peur ou de culpabilité. Ce qui la surprit, ce fut son propre emportement, l'ardeur intolérable qui s'empara d'elle quand son corps ne fit plus qu'un avec celui de son compagnon. L'espace d'un instant, elle fut tentée de lutter contre la domination de l'homme qui la tenait prisonnière entre ses bras. Mais, peu à peu, sa révolte s'apaisa pour céder la place à une volupté que jamais elle n'aurait crue possible.

Elle s'endormit au creux de son épaule, convaincue que la vie ne pouvait lui apporter de bonheur plus grand. Elle ne ressentait aucune honte pour ce qui venait de se passer. Tout cela était si naturel et si beau, qu'elle n'éprouvait qu'un immense sentiment de gratitude pour cet homme si tendre et si patient.

Pendant son sommeil, Kenny avait fouillé l'appartement de fond en comble, et mis la main sur ce qu'il recherchait : une preuve indéniable de la duplicité de James Meyer. Le lendemain, ses révélations s'étalaient à la Une de son journal.

A son réveil, Audrey avait certes été surprise de ne pas trouver le journaliste à ses côtés, mais elle avait mis cette absence sur le compte de ses obligations professionnelles et ne s'était pas inquiétée outre mesure. En arrivant à son travail, elle ignorait encore tout de la supercherie dont elle venait d'être la victime. Ce ne fut qu'en déplaçant distraitement un journal abandonné sur le coin d'une table que le nom de Meyer, imprimé en gros caractères, lui avait sauté aux yeux. Intriguée, elle s'était plongée dans la lecture de l'article, découvrant au fil des mots la triste vérité. Le papier était signé : « Kenny Blake. »

La jeune femme avait senti le sol se dérober sous ses jambes. Alarmé par sa pâleur subite, son directeur l'avait fait aussitôt raccompagner chez elle. Son désarroi s'était encore accru lorsqu'elle avait découvert dans l'appartement un groupe de policiers et de journalistes qui l'avaient interrogée sans ménagements. Le jour suivant, la presse parlait d'elle comme de l'informatrice de Kenny Blake. Certains journaux se montraient même plus cruels. Le père de Susan, venu précipitamment à Londres en dépit de sa maladie, n'avait pas, lui non plus, ménagé ses commentaires acerbes à l'encontre de la jeune femme.

A la fin de la semaine, son employeur lui avait fait comprendre qu'il se voyait dans l'obligation de se priver de ses services. Non qu'il eût à se plaindre de son travail, avait-il expliqué. Mais, par respect envers sa clientèle, le cabinet d'avocats qui l'employait ne pouvait se permettre de compter parmi ses collaboratrices, une jeune femme capable de trahir la confiance d'un ami...

Seule la fierté et la conscience de l'injustice qui l'accablait lui donnèrent le courage de traverser cette terrible épreuve. Son seul crime avait été de se croire aimée. Mais, aux yeux de tous, elle passait pour une complice indélicate, ou pire, pour une délatrice sans scrupules.

Lorsque Arthur Meyer, le père du financier, avait succombé peu après à un infarctus, la jeune femme avait reçu une avalanche de lettres d'insultes. Pour préserver ce qui lui restait de vie privée, elle avait alors décidé de tirer un trait sur son passé et de changer d'identité.

Les mois suivants avaient été pour elle un véritable cauchemar. Jamais Kenny n'avait donné le moindre signe de vie. De son côté, elle n'avait pas cherché à retrouver sa trace. En abusant de sa crédulité, il avait brisé quelque chose en elle, un goût de vivre et une innocence qu'elle ne retrouverait plus.

La porte du bureau s'ouvrit soudain. Elle releva vivement la tête. Kenny se tenait devant elle, la dominant de toute sa hauteur. Un éclair passa dans son regard quand il aperçut l'annuaire ouvert à la rubrique des bureaux de placement.

— Songeriez-vous déjà à me quitter ? fit-il de sa voix traînante.

Audrey se força à garder le silence. Elle rangea le Bottin et mit une feuille dans sa machine à écrire.

— Je termine le courrier. Veuillez m'excuser, monsieur Blake.

— Monsieur Blake ? répéta-t-il d'un air narquois. Allons, il est inutile de vous montrer aussi cérémonieuse... Betty !

La jeune femme se retourna brutalement, les traits déformés par la colère.

— Ne m'appelez pas ainsi !

— Pourquoi pas ? C'est bien votre nom...

— Plus maintenant. Je m'appelle Audrey Winters.

Comment osait-il faire ainsi resurgir le passé ? Elle se cantonna dans une attitude d'hostilité farouche tandis qu'il l'observait avec attention.

— Dites-moi... Audrey... que reste-t-il de la Betty que j'ai connue jadis ?

— Plus rien.

— Quel dommage ! C'était une femme vivante et chaleureuse...

— Que vous n'avez pas hésité à détruire !

Elle n'avait pu retenir les mots qui lui brûlaient les lèvres. Le regard de son interlocuteur se fit plus perçant.

— Voilà une bien étrange accusation.

L'incrédulité se peignit sur le visage de la jeune femme. Quel homme était-il donc pour se permettre pareille remarque ? Ne s'était-il pas froidement et délibérément servi d'elle ? Ne l'avait-il pas lâchement abandonnée une fois son travail accompli ?

24

Il ne pouvait ignorer le malheur dont il l'avait accablée, ni la haine qu'il avait éveillée au fond de son cœur. N'éprouvait-il aucun remords ? Elle avait appris d'un photographe rencontré quelques mois auparavant, qu'il séjournait à New York et réussissait une brillante carrière dans la presse américaine.

— Ainsi, rien de cette Betty n'a résisté au temps ? insista Kenny.

Il la scrutait intensément, donnant l'impression intolérable de vouloir pénétrer au plus profond de son âme. Que voulait-il donc ? Constater à quel point il était parvenu à briser sa personnalité ?

— Rien, affirma-t-elle d'une voix blanche.

Une vague d'indignation sembla le submerger.

— Que signifie tout cela, Audrey ? grinça-t-il entre ses dents. J'ai observé votre visage quand vous êtes entrée dans ce bureau. Jamais je n'avais vu tant de haine chez un être humain. Au premier coup d'œil, j'ai compris que vous me détestiez.

La jeune femme resta muette.

— Ai-je tort de le penser ? s'enquit-il amèrement.

— Non, répliqua-t-elle en serrant les poings. Après ce que vous avez fait...

Un long silence s'installa dans la pièce. Kenny considérait son interlocutrice d'un air songeur. Pourquoi tant de reproches dans ce regard ? N'était-il pas le seul coupable ?

— Vous avez raison, reprit-il d'un ton neutre. La Betty d'autrefois a totalement disparu. Vous vous êtes fait une réputation de rigueur et d'autorité dans ces bureaux. Un être de fer et non de chair, à ce que l'on raconte. La femme que j'ai rencontrée il y a trois ans eût été incapable d'une telle attitude...

Il se tut et se pencha brusquement vers elle. La jeune femme recula d'un bond, croyant lire dans les yeux de son nouveau directeur, la trace d'une émotion impalpable.

— Vous vous êtes fort bien tirée d'affaire, continua-t-il d'une voix tendue. Vous occupez ici un poste des plus intéressants. Mais sachez ceci : je ne suis aucunement disposé à travailler avec une secrétaire qui me couvrira la journée entière de son regard hostile. Je vous conseille donc de réviser votre opinion à mon sujet. Et le plus tôt sera le mieux...

Il se redressa et se dirigea lentement vers son bureau.

— Pourtant, une chose n'a pas changé, lança-t-il derrière son épaule. A en croire les racontars, vous auriez conservé cette détestable habitude d'attirer les galants, pour mieux vous dérober ensuite à leurs attentions. Certes, je n'oublie pas une notable exception...

Audrey laissa échapper un cri d'indignation. Un sourire en coin avait accompagné les dernières paroles de Kenny. Elle s'apprêtait à lui répondre quand il reprit d'un ton acide :

— Je sais très bien à quoi m'en tenir, maintenant. Vous n'avez d'ailleurs pas caché vos sentiments. Vous n'éprouvez que mépris à mon égard, n'est-ce pas ?

Comme elle restait silencieuse, il prit une profonde inspiration pour essayer de conserver son calme.

— Vous devez avoir sérieusement besoin de ce travail, fit-il après un temps.

— En effet, admit-elle à regret.

Comment parviendrait-elle à supporter la présence de cet homme cynique et cruel, sans céder à la rancœur ? Il le fallait pourtant...

— Est-ce pour rester en relation avec Mathieu ? Avant qu'elle ait pu réagir à cette insinuation sans fondement, il poursuivait d'une voix chargée d'amertume :

— Voilà donc le genre d'hommes qui vous attire aujourd'hui ? Un gamin en mal d'affection...

Le teint d'Audrey prit une pâleur alarmante. Sans se soucier d'elle davantage, Kenny pivota sur ses talons et referma la porte de son bureau derrière lui.

Au comble du désarroi, la jeune femme se pencha sur sa machine à écrire, et ses doigts se mirent à enfoncer les touches, d'abord lentement, puis à un rythme de plus en plus soutenu. Elle tapait avec des gestes d'automate, le corps parcouru de violents soubresauts, insensible au rideau de larmes qui l'aveuglait et lui masquait les mots qu'elle imprimait.

2

Il était plus de sept heures quand Audrey descendit de l'autobus qui la déposait près de chez elle. Un changement de dernière minute survenu dans l'actualité, l'avait retenue au journal, l'obligeant à modifier presque intégralement le contenu d'un article. En l'absence de journaliste qualifié, Douglas n'hésitait jamais à lui confier ce genre de besogne qui, en principe, ne relevait pas de sa compétence. Ce travail de fin de journée lié à l'émotion qu'avait suscité en elle la réapparition de Kenny Blake, avait achevé de l'épuiser. Elle remontait sa rue d'un pas lent, l'esprit agité de sombres pensées.

Un long trajet séparait le Daily Globe du domicile de la jeune femme. Pourtant, pour rien au monde, elle n'aurait renoncé à cette demeure située à la périphérie de la ville. Certes, ce quartier du nord de Londres n'était guère animé, et plusieurs de ses collègues n'avaient pas caché leur surprise en apprenant qu'elle habitait si loin du centre. Mais la maison trônait au milieu d'un vaste jardin bordé de haies d'aubépine et parsemé d'arbres fruitiers. Au printemps, quand les pommiers laissaient éclater leurs premiers bourgeons, et que les cerisiers fleurissaient le long des trottoirs de la ville, elle parvenait presque à se convaincre qu'elle vivait à la campagne.

Elle avait acheté cette propriété trois ans auparavant. Le prix des habitations ayant terriblement augmenté depuis le décès de ses parents, elle s'était vue dans l'obligation de s'endetter plus qu'elle ne l'eût souhaité. Partagée en deux appartements indépendants, cette maison correspondait parfaitement à l'usage qu'elle désirait en faire. Elle occupait le rez-de-chaussée et louait le premier étage à un couple d'Italiens exilés en Angleterre. Audrey adorait leur bébé, une ravissante petite fille de deux ans, et s'entendait à merveille avec eux. Gina, la jeune épouse de Paolo, avait son âge et partageait la plupart de ses goûts.

Quand elle ouvrit la porte d'entrée, la jeune femme aperçut Gina qui semblait guetter son arrivée. Son cœur fit un bond violent dans sa poitrine et, la gorge sèche, elle demanda :

— Est-il arri...

— Tout va bien, coupa l'Italienne avec douceur. Je n'ai jamais connu de mère aussi angoissée ! C'est certainement parce que vous ne pouvez rester auprès de votre enfant aussi longtemps que vous le souhaiteriez. Je vous comprends, Audrey... J'étais seulement descendue pour prendre son pyjama. Il commence à être fatigué, après toutes ces heures passées dans le jardin...

Un vif soulagement se peignit alors sur les traits de la jeune femme. Comme il était difficile pour une mère de travailler et de laisser son enfant à la garde d'une autre ! Gina s'occupait avec autant d'attention de Nicky que de sa propre fille. Pourtant, Audrey ne pouvait s'empêcher d'être inquiète et de songer qu'elle serait toujours absente quand, par malheur, il aurait besoin d'elle.

Gina lui apportait un concours inappréciable, et, chaque jour, elle remerciait le ciel d'avoir permis leur rencontre. Depuis des semaines, le couple errait à la recherche d'un logis quand, un beau jour, il s'était présenté chez elle, sans grand espoir. Touchée par leur détresse, elle leur avait loué le premier étage pour une somme modique. En échange, Gina s'occupait de Nicky. Quand, à son tour, la jeune Italienne avait donné naissance à un enfant, Nicky s'était montré littéralement fasciné par le bébé, et Audrey avait senti son cœur se serrer à l'idée que jamais il ne connaîtrait une vie familiale heureuse et équilibrée.

Elles gravirent ensemble les escaliers qui conduisaient à l'étage supérieur. Gina ouvrit la porte de l'appartement et recula légèrement pour céder le passage à un petit garçon aux cheveux noirs comme le jais, qui se précipita furieusement dans les bras d'Audrey. La jeune femme serra tendrement le petit corps contre sa poitrine. Il la considéra d'un regard lourd de reproches, et lui demanda où elle était partie pendant tout ce temps.

— Je suis allée travailler. Et j'ai gagné beaucoup d'argent, expliqua-t-elle d'une voix douce.

Nicky savait que sa mère devait travailler. Pourtant, chaque fois qu'elle devait lui expliquer ses longues absences, elle regrettait amèrement de ne pouvoir profiter de son enfant comme elle l'aurait souhaité.

— Il a déjà dîné, glissa Gina dans un large sourire.

Audrey remercia son amie sans quitter des yeux son adorable bambin. Les employés du Daily Globe n'auraient jamais reconnu, dans cette mère affectueuse, la secrétaire froide et réservée de Douglas Simpson.

30

— As-tu été gentil avec Gina ? interrogea-t-elle.

Il hocha silencieusement la tête et cligna des paupières en signe de fierté. Une vague d'amour submergea la jeune femme. Cet enfant qui avait vu le jour dans la solitude et le désespoir, avait peu à peu fait la conquête de son cœur.

— Va ramasser tes jouets, maintenant, fit Gina à l'adresse de Nicky, en refermant derrière lui la porte de la salle de séjour.

— Qu'y a-t-il ? questionna Audrey, intriguée par le geste de son amie.

— Rien de grave... Mais Nicky m'a posé des questions au sujet de son père cet après-midi. Il est très intelligent, vous savez. Il comprend que Caterina a un papa et une maman. Et il ne cesse de me demander ce qui est arrivé à son papa.

L'angoisse assombrit le visage d'Audrey.

— Son père n'a jamais cherché à le revoir ? questionna Gina, feignant de ne pas remarquer l'embarras de son interlocutrice.

— Il ignore jusqu'à son existence... Gina, je vous en supplie, ne me posez pas de questions à son sujet. Surtout pas ce soir... je ne pourrais le supporter.

— Pour Nicky, vous devez affronter la réalité en face. Vous ne pourrez lui mentir éternellement. Bientôt, il sera en âge d'aller à l'école. Et les enfants peuvent être si cruels...

— De nos jours, bien des couples vivent séparés. Et Nicky est certainement plus heureux avec moi qu'avec un père et une mère qui ne cesseraient de se quereller...

Gina la considéra avec compassion.

— C'est un garçon très sensible. Quand il me questionne au sujet de son père, il semble si désemparé que le cœur me manque. Aujourd'hui, il

31

m'a demandé pourquoi son papa ne voulait pas de lui.

Elle eut un geste d'impuissance et poursuivit :

— Que pouvais-je lui répondre ? Heureusement, je suis parvenue à distraire son attention. Mais il aura bientôt trois ans... Qu'allez-vous lui dire ?

— Je l'ignore. Il a été conçu par accident et ma... relation avec cet homme était terminée quand je me suis rendu compte que j'étais enceinte. Comment avouer à un enfant que son père se moque éperdument de son existence ?

La porte s'ouvrit, et Nicky apparut sur le seuil, portant un ours en peluche sous un bras et traînant derrière lui un sac de jouets volumineux.

— Dis bonsoir à Gina, commanda précipitamment Audrey.

Plus tard, quand elle le mit au lit, la jeune femme observa ses traits avec attention. Sa ressemblance avec son père était frappante. Dieu merci, son caractère tenait davantage de sa mère.

La découverte de sa grossesse l'avait plongée dans un état d'abattement extrême. Tout d'abord, elle avait mis ses évanouissements fréquents sur le compte du surmenage. Mais le diagnostic de son médecin avait effacé ses dernières illusions. L'homme s'était montré inquiet de sa réaction, allant même jusqu'à lui proposer de mettre un terme à sa grossesse. Mais elle ne put se faire à l'idée d'éteindre l'étincelle de vie qu'elle portait en elle. Elle se résolut donc à accepter comme un nouveau coup du sort, cette trace indélébile des agissements méprisables de Kenny Blake.

Le jour de la naissance, elle avait refusé de voir le bébé. Mais l'infirmière, connaissant les moments de dépression que subissent les jeunes mères après un accouchement, avait insisté pour qu'Audrey prît l'enfant dans ses bras. Dès cet instant, elle avait été séduite par ce petit corps qu'elle venait de mettre au monde.

Dès lors, elle avait nourri sa haine de la pensée que Kenny se trouvait à tout jamais privé de la joie de connaître son fils. Pourtant, elle avait traversé des moments difficiles, constamment tiraillée entre l'envie de rester auprès de Nicky et la nécessité de travailler pour assurer leur survie.

Jusqu'à ce jour, il s'était contenté de la présence de sa mère et de son affection. Mais, comme Gina l'avait remarqué, il était vif et intelligent, et il ne tarderait sans doute pas à la questionner sur l'absence de son père. En dépit de ce pressentiment, Audrey refusait de croire qu'il lui faudrait un jour révéler à l'enfant les tristes circonstances de sa venue au monde.

Audrey jeta un coup d'œil inquiet à sa montre. Nicky se révélait d'une humeur boudeuse ce matin-là. Il avait manifesté peu d'empressement devant son petit déjeuner et n'avait cessé de s'accrocher au cou de sa mère.

— Reste avec moi, maman. Ne va pas travailler !
— Tu sais très bien que je dois partir, Nicky. Demain c'est vendredi, et ensuite, je passerai deux jours entiers avec toi. Je t'emmènerai faire une jolie promenade... si tu es sage avec Gina.
— Où ça ? questionna-t-il, soudain intéressé. Au zoo pour voir les ours ?
— Peut-être. Finis tes œufs, maintenant.

La lenteur du petit garçon mit la jeune femme en retard. Lorsqu'elle sortit de chez elle, l'autobus tournait à l'angle de l'avenue, et elle courut en pure perte pour essayer de le rattraper. En maugréant, elle passa une main sur sa hanche pour apaiser son point de côté et se résigna à attendre le véhicule suivant. Elle détestait arriver en retard au journal, bien que Douglas se montrât tout à fait compréhensif. Il ignorait pourtant l'existence de Nicky. Personne au Daily Globe ne se doutait qu'elle était mère de famille, et elle s'en trouvait fort bien ainsi.

Les employeurs n'apprécient guère les jeunes mères sans maris. De plus, Audrey ne voulait pas entendre ses collègues spéculer derrière son dos sur l'identité du père de Nicky. La nomination de Kenny Blake à la direction rendait son secret plus nécessaire que jamais, et elle ne pouvait que se féliciter d'avoir gardé le silence sur sa maternité.

Au cours du trajet, elle se demanda pourquoi Kenny ne s'était pas davantage étonné de son changement d'identité. Se désintéressait-il totalement de son ancienne victime ou bien avait-il suivi dans la presse le déroulement de toute cette affaire ? D'une manière ou d'une autre, il lui était facile d'imaginer quelles terribles épreuves elle avait dû traverser. Il ne pouvait non plus ignorer la désillusion qu'elle avait connue en découvrant la véritable nature de l'homme qui prétendait l'aimer.

La demie de neuf heures sonnait quand elle poussa la porte de son bureau. Elle ôta sa veste et l'accrocha au portemanteau.

— Ainsi vous voilà ! Mieux vaut tard que jamais !

Son cœur fit un bond dans sa poitrine quand elle se trouva nez à nez avec son nouveau directeur.

— Une demi-heure de retard ! Est-ce exceptionnel ou dois-je me préparer à guetter votre arrivée tardive tous les jours de la semaine ?

— Je vous prie de m'excuser, balbutia-t-elle tout en s'emparant du courrier posé sur la table. Je m'occupe de ces quelques lettres et je suis à vous.

Il lui laissa tout juste le temps de s'installer derrière son bureau.

— Laissez cela. Je suis parfaitement capable de lire mon courrier tout seul. Je sais que Douglas avait pour habitude de vous confier cette tâche. Mais dorénavant, c'est moi qui m'occuperai de la correspondance.

Elle lui tendit les enveloppes d'une main tremblante.

— Entendu, monsieur Blake. A propos... où est Douglas ?

Il n'était pas dans les habitudes de l'ancien patron d'arriver si tard à son bureau.

— Il fait ses adieux, répondit sèchement Kenny. Aujourd'hui, c'est son dernier jour...

— Je croyais...

Les mots étaient sortis naturellement de sa bouche, sans qu'elle pût les contrôler. Kenny s'approcha et la considéra avec hauteur.

— Que croyiez-vous donc ? Que j'avais besoin de son assistance pour mener à bien la tâche qui m'est confiée ?

Il secoua la tête énergiquement.

— Non, poursuivit-il avec véhémence. Ce navire n'a besoin que d'un seul capitaine. Sachez qu'à partir d'aujourd'hui c'est moi, et personne d'autre. J'apprécie et je respecte M. Simpson. Mais je n'ai nulle envie qu'il supervise mon travail. Je suis d'ailleurs certain qu'il réagirait de la même façon s'il se trouvait à ma place.

Audrey savait que Kenny disait juste. Pourtant, elle ne put s'empêcher de constater avec une pointe d'ironie :

— Au moins, vous ne perdez pas de temps. D'abord vous essayez de vous débarrasser de sa secrétaire et ensuite vous refusez son assistance...

— Douglas m'a chargé de vous rappeler la petite fête de ce soir, coupa-t-il sans paraître accorder la moindre importance aux propos de la jeune femme. Vous êtes invitée au pub avec tout le personnel du journal. Je suppose que votre petit ami sera des nôtres.

Elle éprouva soudain le désir de lui dire qu'elle n'avait pas de petit ami. Mais elle comprit bien vite qu'il voulait faire allusion à Mathieu, et préféra le laisser à ses suppositions absurdes.

— Je n'irai pas, fit-elle brièvement.

Elle ne s'était pas habillée pour la circonstance et n'avait pas prévenu Gina de son retour tardif. Elle ne pensait pas que Douglas fêterait son départ avant la fin de la semaine. Quand elle releva les yeux, elle lut sur le visage de Kenny un air de réprobation.

— Vous semblez prendre plaisir à gâcher la joie de vos amis, Audrey!... A propos, pourquoi avoir choisi ce prénom? Celui que vous portiez jadis s'accordait sans doute mal à l'image que vous avez voulu forger : Audrey Winters, une femme résolue et sûre d'elle. Mais avez-vous renoncé à tout sentiment? Ne pouvez-vous donc redevenir humaine, le temps de prendre congé agréablement de notre ami Douglas?

— Vous n'avez pas le droit de me parler ainsi! lança-t-elle d'une voix où se mêlaient la crainte et la colère.

Il lui sembla alors qu'un voile se déchirait devant ses yeux. Pour la première fois, elle regarda le journaliste avec toute sa lucidité. Comment avait-elle pu être assez sotte pour voir en lui un amant tendre et attentionné? Cet homme était un rapace et un chasseur, un voleur indigne de vivre en société.

La porte s'ouvrit brusquement, et la silhouette de Douglas s'encadra dans l'ouverture de la porte. Il considéra successivement Audrey et Kenny sans dissimuler sa surprise. Pour tenter de détendre l'atmosphère pesante qui semblait régner dans la pièce, il s'adressa à la jeune femme d'un ton amical :

— Et si vous nous prépariez une bonne tasse de café, très chère !

Puis, à l'intention de Kenny, il ajouta :

— Audrey est une véritable merveille. Avant son arrivée au journal, je devais me contenter du breuvage infect de la cantine. Depuis qu'elle est devenue ma secrétaire, j'ai l'immense privilège de boire du café frais tous les matins. J'ai bien peur de changer de traitement quand je serai en poste aux Etats-Unis...

— Ils ont des machines là-bas... moins de temps perdu ! A propos, que faites-vous quand Audrey est absente ? A qui confiez-vous le travail ?

La jeune femme sentit sa gorge se nouer. Elle détourna immédiatement les yeux pour cacher sa confusion. Kenny cherchait déjà à connaître une assistante capable de la remplacer, le cas échéant. Douglas haussa les sourcils en signe d'étonnement.

— Eh bien... quand Audrey est en vacances, je travaille avec une des secrétaires de l'équipe de rédaction. Ce n'est certes pas l'idéal, mais il faut savoir s'en contenter... Vous viendrez prendre un verre avec nous ce soir, n'est-ce pas, Audrey ?

— Je ne sais pas... je ne suis pas habillée pour la circonstance...

— Ne vous inquiétez pas pour si peu ! s'exclama Douglas. Je compte sur vous... Eh bien, je vous laisse faire plus ample connaissance. Et surtout, gardez le café au chaud !

Sur ces mots, il quitta la pièce à grandes enjambées.

— Décidément, tous les hommes paraissent

apprécier votre compagnie et vos services, constata Kenny lorsque la porte fut refermée. Je ne pensais pas avoir affaire à une séductrice !

Elle fit mine d'ignorer sa remarque, heureuse d'avoir le dos tourné à cet instant.

— Laissez cela ! ordonna-t-il sèchement en la voyant s'emparer de la cafetière. Nous sommes là pour travailler, il me semble.

Elle le suivit dans son bureau et s'assit de façon à dissimuler entièrement ses jambes sous les plis de sa robe. Elle ne le croyait pas assez imprudent pour se livrer à nouveau au jeu de la séduction, mais elle ne tenait pas non plus à lui laisser supposer, comme il avait paru le faire quelques secondes auparavant, qu'elle-même pût s'y prêter.

Il remarqua sa manœuvre et son regard se durcit. Comme pour la punir, il commença à dicter à une cadence effrénée. Mais son attitude ne dérouta en rien la jeune femme qui excellait en matière de sténographie. En d'autres circonstances, elle eut jugé ce défi amusant. Mais, face à Kenny, elle ne pouvait considérer ce comportement que comme une preuve supplémentaire de son cynisme.

La sonnerie du téléphone interrompit soudain sa lecture. Il décrocha nonchalamment l'appareil et écouta quelques instants en silence.

— Seriez-vous vexée, ma chère Gaël ? interrogea-t-il enfin de sa voix traînante. Vous m'en voyez à la fois confus et flatté. Ce n'est pas tous les jours qu'une jolie femme m'invite à déjeuner...

Audrey sentit le rouge monter à ses joues. Elle eût préféré ne pas assister à une conversation aussi personnelle. Elle se mordit la lèvre inférieure et fixa la fenêtre du bureau sans la voir. Peu après, la voix de Kenny la fit sursauter.

— Voulez-vous me relire la dernière lettre, je vous prie. Je ne sais plus où je me suis arrêté.

Audrey savait pertinemment qu'il mentait. La lettre en question était longue et complexe. Elle la relut néanmoins sans l'ombre d'une hésitation. Quand elle eut achevé sa lecture, elle redressa la tête et crut déceler sur le visage de son interlocuteur une expression d'ironie à peine dissimulée.

— J'ai l'impression de me trouver en face d'un ordinateur, persifla-t-il. N'éprouvez-vous jamais l'envie de descendre de vos hauteurs inaccessibles pour vous joindre au commun des mortels ?

— Pas tant que vous en ferez partie, répliqua la jeune femme avec insolence.

— C'est donc ainsi que vous voyez les choses ! grinça-t-il entre ses dents.

Il contourna son bureau pour s'approcher d'elle. Il portait un costume gris admirablement coupé et une chemise claire ouverte sur sa poitrine. Elle ne put s'empêcher de remarquer le balancement félin de son corps musclé.

— Ne rejetez pas toute la responsabilité sur moi, Audrey. Vous...

— Je me suis conduite comme une petite sotte, coupa-t-elle. Et vous en avez bien profité, n'est-ce pas ? Seigneur, comme je vous déteste ! Votre mort même ne suffirait pas à assouvir ma soif de vengeance.

— Est-ce pour vous venger que vous tenez absolument à rester au journal ? Comment comptez-vous vous y prendre ?

— Je reste ici parce que j'ai besoin de ce travail. Et je ne crois pas que les administrateurs du Globe se feraient une bonne opinion de vous si je leur expliquais pourquoi vous tenez tellement à me remplacer. Les autres journaux seraient ravis de tenir une histoire aussi croustillante.. Il semble que les scandales soient très appréciés de nos jours...

— C'est une arme à double tranchant, très chère. En restant ici, vous vous exposez à mes abus de pouvoir. Cela ne vous effraie pas ?

— Pas le moins du monde, mentit effrontément la jeune femme. Vous m'avez déjà montré de quoi vous étiez capable. Vous ne parviendrez jamais à faire pire.

Kenny lui confia tellement de travail ce matin-là, qu'elle ne put appeler Gina avant le déjeuner. Cette dernière ne cacha pas sa satisfaction. Il lui paraissait presque inconvenant qu'une femme aussi jeune et jolie qu'Audrey refusât toute invitation. C'était l'un des rares sujets de discorde entre les deux amies.

Audrey n'avait pas songé à fermer la porte pendant sa conversation téléphonique. Kenny fit irruption dans la pièce au beau milieu de la communication, à l'instant même où l'Italienne décrivait à son amie une des nouvelles inventions de Nicky.

— Un appel personnel ? s'enquit-il quand elle eut précipitamment reposé le combiné. C'est la première fois que je vois une étincelle dans vos yeux depuis mon arrivée au journal ! Mathieu est-il au courant de cette... fréquentation ?

— Mes affaires ne regardent que moi, rétorqua-t-elle, les joues en feu.

Il profita de sa confusion pour s'approcher.

— Vous utilisez toujours le même parfum, reprit-il d'un ton faussement désinvolte.

— Quelle mémoire étonnante ! Il est vrai que les journalistes notent toujours les plus petits détails. Et vous excellez dans votre profession, n'est-ce pas ? Il a dû vous paraître bien ennuyeux d'avoir à me faire la cour pour arriver à vos fins ! Mais votre peine a été dûment récompensée... Vous êtes devenu célèbre.

Moi aussi, malheureusement. Je m'étonne encore qu'hier vous n'ayez pas révélé à tout le journal ma véritable identité. Mais peut-être aviez-vous honte d'expliquer de quelle façon vous aviez procédé dans cette affaire ?

— Dois-je vous rappeler que vous ne vous êtes pas montrée particulièrement réticente ce soir-là ?

— Vous ne m'étiez certes pas indifférent. Mais m'avez-vous jamais donné l'occasion d'exposer mon point de vue sur la manière dont vous comptiez exploiter mes confidences ?

La colère déforma le visage de Kenny. Audrey comprit avec effroi qu'un simple geste de ce corps puissant suffirait à la réduire au silence. Comme il avait dû rire de sa naïveté !

A cinq heures, Audrey mit de l'ordre dans son bureau. Une indicible angoisse lui tenaillait la poitrine et il lui tardait de retrouver le calme rassurant de son foyer. La chaleur oppressante de ce début de printemps ne faisait qu'accentuer son malaise.

Quand elle descendit au vestiaire pour s'y rafraîchir, elle trouva toute l'équipe des secrétaires du journal.

— C'est vraiment du gâchis ! disait l'une d'elles, penchée sur un lavabo. Cet homme si beau et ce morceau de glace. Elle ne doit pas savoir ce qu'est un vrai homme. Regardez ce Mathieu avec qui elle sort sans cesse…

Une de ses camarades lui donna un coup de coude. Elle se retourna aussitôt, entièrement décontenancée à la vue d'Audrey. L'espace d'un instant, cette dernière fut tentée de lui révéler quel individu était réellement Kenny Blake. Mais elle fit mine de n'avoir rien entendu. Que lui importaient les commérages de cette gamine ?

3

Quand Audrey arriva dans le pub, elle y retrouva tous ses collègues de travail. Douglas l'accueillit avec chaleur, glissa un bras autour de sa taille et lui offrit une coupe de champagne. Elle trempa délicatement les lèvres dans son verre et sentit le liquide pétillant couler lentement dans sa gorge. Un grand buffet était installé au fond de la salle. Elle laissa Douglas bavarder avec un groupe d'amis et grignota quelques toasts pour tromper son ennui.

Après un bref regard à sa montre, elle décida qu'à huit heures, elle s'esquiverait discrètement. Pour rien au monde elle n'aurait manqué l'heure du coucher de Nicky. Chaque jour, elle attendait avec impatience le moment de le conduire au lit et de lui conter une de ses histoires favorites.

Mathieu s'approcha d'une démarche chancelante. Son visage était pâle, et il semblait éprouver quelques difficultés à tenir debout. Il n'en était visiblement pas à son premier verre.

— Il faut que je vous parle, murmura-t-il à l'adresse de la jeune femme. Allons nous asseoir.

Audrey fronça les sourcils. Le regard trouble de Mathieu ne présageait rien de bon. Mais, plutôt que d'attirer l'attention sur eux, elle se laissa conduire docilement vers une petite table basse.

Gaël était assise à quelques mètres de là, et Audrey sentit le rythme de son cœur s'accélérer lorsqu'elle vit Kenny prendre place à ses côtés.

— C'est Marie, confia Mathieu d'une voix hésitante. Elle veut revenir. Sa mère m'a téléphoné ce matin. Vous savez, Audrey, je n'arrive pas à le croire !

La jeune femme vit des larmes perler au coin de ses paupières.

— Qu'avez-vous répondu ? interrogea-t-elle avec douceur.

— Rien encore, avoua-t-il.

— A votre place, je refuserais. Pour l'instant en tout cas.

Les yeux agrandis par la surprise, Mathieu la considéra sans mot dire.

— Je suis certaine que Marie appréciera votre fermeté. Il est grand temps que vous appreniez à ne pas céder à ses moindres caprices. Mais c'est à vous de prendre cette décision... Allez, il faut que je parte maintenant.

— Restez encore un peu, supplia-t-il. Je vous reconduirai chez vous.

— Non, vraiment, c'est impossible, répondit-elle en quittant son fauteuil.

Douglas devina l'intention d'Audrey et se dirigea vers elle à grandes enjambées.

— Vous nous quittez déjà !

— Je le dois, malheureusement.

Kenny et Gaël les avaient rejoints, et Audrey sentit le rouge monter à ses joues quand la compagne du nouveau directeur lança d'une voix amusée :

— Un rendez-vous galant ? Vous m'étonnez ! Qui cela peut-il être ? Laissez-moi deviner…

Son regard se porta de manière éloquente sur le visage confus de Mathieu.

— Que diriez-vous d'un baiser d'adieu ? proposa Douglas.

Audrey s'exécuta, sachant qu'un refus blesserait son interlocuteur. Elle se pencha en avant et l'embrassa sur la joue, tandis que l'assistance applaudissait bruyamment. Comme s'il comprenait quels efforts ce geste lui avait coûtés, Douglas murmura à l'oreille de la jeune femme :

— Merci, Audrey. Et prenez garde à Kenny, il est bien différent de moi…

— Pour mon malheur ! soupira-t-elle.

Douglas n'eut pas le temps de lui répondre. Déjà Mathieu s'interposait entre eux, et posait un bras sur les épaules d'Audrey dans un geste possessif, avant de lancer d'une voix forte :

— Miss Winters est avec moi… Je vous raccompagne, n'est-ce pas Audrey ?

Excédée par ses manières, elle tenta de se libérer mais il refusa de relâcher son étreinte. L'alcool lui conférait une audace inhabituelle.

— Je crois que vous avez un peu trop bu, cher ami, glissa Kenny posément.

Mathieu le repoussa brutalement et, dans les quelques secondes de silence qui suivirent, Audrey sentit la tension monter entre les deux hommes. L'amusement et le dédain se mêlaient dans le regard de Kenny.

— Je dois la reconduire chez elle, répéta Mathieu en reculant d'un pas.

— Je m'en chargerai. Vous n'êtes pas en état de conduire. D'ailleurs, vous devriez nous confier les clefs de votre véhicule… Mais peut-être aviez-vous l'intention de passer la soirée en compagnie de Miss Winters ?

Des regards complices furent échangés dans l'assemblée et, l'espace d'un instant, plus personne n'osa souffler mot.

— Non ? insista Kenny. Dans ce cas, ce sera pour une autre fois. Donnez-moi vos clefs ! Gaël se fera une joie de vous raccompagner.

La jeune femme parut surprise et quelque peu ennuyée. Audrey crut lire sur son visage une réprobation muette à l'adresse de Kenny. Sans doute s'attendait-elle à quitter le pub à son bras...

— Je peux fort bien rentrer seule, affirma Audrey d'un ton ferme. Mais si je ne pars pas tout de suite, je risque de manquer mon autobus...

— Vous n'allez pas prendre le car toute seule à une heure pareille, coupa Kenny en lui barrant le chemin.

— Nous ne sommes pas à New York, répliqua-t-elle.

— Il a raison, intervint Douglas. Londres n'est pas une ville très sûre à la tombée de la nuit.

Il lui semblait qu'une vaste conspiration se liait contre elle. Un jeune journaliste alla jusqu'à évoquer les détails sordides d'agressions récentes. Mathieu lui-même parut se ranger à l'avis général. La jeune femme n'avait plus qu'à s'incliner.

Tandis qu'ils prenaient rapidement congé, Audrey glissa à l'oreille de Kenny :

— Vraiment, ce n'est pas la peine de vous déranger. Vous ne savez même pas où j'habite. C'est sans doute très loin de chez vous...

— Je connais parfaitement votre adresse. J'ai consulté la liste du personnel cet après-midi. Alors ne m'obligez pas à me mettre en colère et laissez-vous faire.

Sa voiture était garée à une centaine de mètres à peine. Pourtant, il ne lâcha pas son bras un seul instant, la forçant à ajuster son pas à sa démarche rapide. Comme ils arrivaient sous le pâle halo d'un réverbère, elle vit leurs silhouettes se refléter dans la vitrine d'un magasin. Ils offraient tous deux l'image d'un jeune couple d'amoureux. Elle ne put supporter cette vision et, malgré la tiédeur de cette nuit printanière, un frémissement glacé parcourut son corps. Que n'aurait-elle donné jadis pour marcher ainsi à ses côtés ? A cette époque, un seul de ses regards suffisait à la combler.

Il s'arrêta soudain devant une superbe voiture de sport à la carrosserie gris métallisé.

— Montez ! ordonna-t-il en ouvrant la portière.

Elle s'installa sur le siège du passager, impressionnée malgré elle par le luxe et le confort du véhicule. Quand Kenny s'assit au volant, elle ne put s'empêcher de s'écarter de lui et de se blottir au plus profond de son siège.

— Avez-vous peur de moi ? Vais-je profiter de cette occasion pour donner libre cours à ma passion grandissante ?

— Ne soyez pas stupide.

La pénible expérience qu'elle avait vécue naguère lui avait appris à conserver la plus grande froideur dans les moments délicats.

Kenny boucla sa ceinture de sécurité et tourna la clef de contact. Au cours du trajet, il lui jeta à deux ou trois reprises de rapides coups d'œil. Comme elle faisait mine d'ignorer sa présence, il alluma l'autoradio et y glissa une cassette. La voix de Rita Coolidge déchira le silence de la nuit à peine troublé par le ronflement du moteur, et les accents mélancoliques de la mélodie emplirent la jeune femme d'une indicible tristesse.

— Vous m'en voulez d'avoir mis un terme à votre tête-à-tête avec Mathieu ? Je ne vous apprendrai rien en vous disant qu'il est déjà marié. L'aimez-vous ?

Cette question la prit au dépourvu, et ses yeux verts jusque-là dénués de toute expression lancèrent des éclairs hostiles en direction de son interlocuteur.

— Cela ne vous regarde pas !

— Hélas si ! Vous faites tous deux partie de mon personnel. Les affaires de cœur ne peuvent qu'entraver le bon fonctionnement d'une équipe.

— Vous craignez que ma... relation avec Mathieu ne nuise à la qualité de mon travail ! Puis-je me permettre un conseil, monsieur Blake : occupez votre imagination à des tâches plus concrètes. Vous n'avez vraiment aucun souci à vous faire de ce côté-là.

— Je l'espère. En tout cas, je vous trouve bien peu exigeante dans le choix de vos fréquentations. Jamais je n'aurais cru cet homme capable de plaire à une femme... et encore moins à deux !

Audrey ne put réprimer la vague d'indignation que pareille réflexion suscitait en elle.

— Je vous serais reconnaissante de ne pas vous mêler de mes affaires. Et puis laissez-moi descendre. Je... je ferai le reste du chemin à pied.

Elle posa la main sur la poignée de la portière. Kenny laissa échapper un juron et arrêta la voiture dans un crissement de pneus. Ses yeux étaient brillants de rage.

— Ne vous avisez pas de recommencer, petite sotte ! Nous roulions à plus de soixante kilomètres à l'heure. Etes-vous stupide à ce point ?

— Taisez-vous ! cria la jeune femme d'une voix proche de l'hystérie.

Il fixa l'obscurité de la nuit à travers le pare-brise

et parut déployer un terrible effort pour apaiser son emportement. Audrey l'observait avec inquiétude. Elle aurait donné cher pour connaître ses pensées. En un jour il s'était imposé au journal et déjà on parlait de lui avec respect et admiration. Elle seule faisait obstacle à sa tranquillité. Chaque jour, elle serait à ses côtés, et, chaque jour sa présence lui rappellerait le mal qu'il avait commis. S'en souciait-il ? Les remords semblaient n'avoir aucune prise sur sa conscience.

Quand il remit le contact, un bruit sec fit sursauter la jeune femme.

— Un système automatique de fermeture des portes, expliqua-t-il, de nouveau maître de lui. Vous vous conduisez comme une enfant, et je vais m'efforcer de vous traiter comme telle.

Audrey éprouva une folle envie de le gifler. C'était plus qu'elle n'en pouvait supporter. Durant tout le reste du trajet, elle se cantonna dans un mutisme farouche. A l'approche de la villa, elle fut heureuse de constater que l'obscurité cacherait à Gina et Paolo son arrivée avec le journaliste.

Dès l'arrêt du véhicule, elle fit mine de sortir, oubliant que la portière était restée verrouillée. Kenny la considéra d'un air amusé.

— Vous ne pensez tout de même pas prendre congé de cette manière. Nous avons à parler tous les deux.

— Je n'ai pas de temps à perdre avec un homme aussi indigne que vous.

Il fit volte-face et lui saisit l'avant-bras.

— Vous vous méprenez sur mon compte. Je ne... et puis qu'importe !

Il l'attira à lui sans ménagements.

— Ne rejetez pas toute la faute sur moi, Audrey.

48

Même si cela doit vous arranger... Vous portez aussi une part de responsabilité dans cette affaire.

— Laissez-moi sortir ! ordonna la jeune femme. Vous êtes la personne la plus méprisable que je connaisse. Et ne me touchez pas !

Elle essayait désespérément d'échapper à son étreinte, mais ses efforts désordonnés ne parvenaient qu'à la rapprocher du corps robuste de son assaillant. Dans cette lutte épuisante, sa poitrine se soulevait à un rythme saccadé, la rendant à son insu infiniment désirable.

— Vous avez le droit de me frapper, ironisa-t-il, sans chercher à dérober sa vue à ce charmant spectacle.

— Je vous déteste, hurla-t-elle dans un sanglot.

— L'amour et la haine vont souvent de pair, l'ignorez-vous ?

— L'amour ! répéta-t-elle, dédaigneuse. La seule pensée de vous avoir près de moi me donne la nausée.

— Vous n'avez pas toujours dit cela !

Elle ne daigna pas réagir à cette preuve supplémentaire de son cynisme, et tenta un nouvel effort pour se dégager. Mais le combat précédent avait épuisé ses forces : elle ne parvint qu'à émettre une faible plainte, avant de retomber, vaincue, entre ses bras.

Profitant de son avantage, il emprisonna sa nuque de la main droite, et, sans que rien n'ait pu laisser présager de cette intention, il s'empara fiévreusement de la bouche de la jeune femme. Paralysée par la surprise, elle n'eut pas le temps d'esquiver la caresse brûlante de ses lèvres.

Quand il releva la tête, elle crut qu'il allait renoncer à poursuivre son horrible manège. Mais soudain, elle se raidit au contact d'une main nonchalante qui erra un instant sur ses hanches avant de remonter lentement jusqu'à sa gorge. Bientôt il dégrafait un à un les boutons de son corsage, apparemment insensible aux gémissements qui accompagnaient chacun de ses gestes.

Le premier moment de stupeur passé, Audrey avait craint que ses caresses n'éveillent en elle le même élan de sensualité qu'autrefois. Elle ne ressentait plus maintenant qu'un irrésistible désir de fuite, tandis qu'un frisson glacial engourdissait son corps tout entier.

En proie à un profond sentiment de révolte, elle se débattit avec l'énergie du désespoir, mais ses dernières forces l'abandonnèrent au bout de quelques secondes. Résignée à tout accepter, elle sentit alors un souffle chaud soulever ses cheveux, et des doigts frémissants s'insinuer dans l'ouverture de son corsage.

Soudain, Kenny parut animé d'une ferme conviction et, dans un brusque sursaut, il s'écarta de la jeune femme.

— Ce que l'on raconte est donc exact... vous êtes aussi insensible qu'un morceau de glace.

— Je suis ce que vous avez fait de moi, balbutia Audrey mal remise de son émotion. A quoi vous attendiez-vous donc ? A me voir me précipiter dans vos bras ? Cessons cette mauvaise plaisanterie et laissez-moi descendre.

Lorsqu'elle saisit la poignée d'un mouvement rageur, celle-ci s'ouvrit instantanément. Peu après, elle poussait le portail de la villa, respirant avec soulagement l'air frais de la nuit.

Trop bouleversée pour affronter les questions de Gina et Paolo, elle se rendit directement dans sa chambre et se laissa tomber sur le siège de sa coiffeuse. Le miroir lui renvoya une bien pitoyable image d'elle-même. Ses cheveux retombaient en désordre le long de son visage livide, sa bouche était gonflée et légèrement bleuie.

Avec une moue de dégoût, elle ôta son corsage et le jeta dans la corbeille à papiers. Elle prit une douche glacée, sans parvenir à apaiser les battements précipités de son cœur. En rassemblant toute son énergie, elle parvint à se rhabiller et à remettre un peu d'ordre dans sa coiffure, avant de monter à l'étage supérieur.

Quand Gina lui ouvrit la porte de son appartement, elle fit mine de ne pas remarquer sa pâleur et sa bouche égratignée. Mais la surprise qui se peignit sur son visage ne put échapper à Audrey.

— Je suis un peu en retard, s'excusa-t-elle dans un sourire contraint. Tout s'est bien passé ?

— Très bien. Et vous, comment vous sentez-vous ? Vous ne semblez pas dans votre état normal…

— J'ai une terrible migraine, coupa Audrey d'un ton évasif.

Paolo insista pour descendre Nicky dans sa chambre. Se sachant à bout de forces, la jeune femme n'osa protester.

Les sanglots de Nicky ponctuaient son cauchemar. Elle voulait courir à son chevet, mais elle ne parvenait à faire un pas. Une force invisible la retenait et l'empêchait de se porter au secours de son fils. Elle se débattait furieusement pour se libérer, tout en criant au petit garçon de l'attendre. Mais, lorsqu'elle le rejoignait, le visage de Nicky avait pris le masque haineux et méprisant de Kenny.

— Non ! hurla-t-elle en se redressant sur son lit.

Alors, une atroce migraine la fit crier de douleur, et elle fut prise d'un vertige qui l'obligea à s'allonger de nouveau. Saisie de panique, elle tenta de se rappeler l'endroit où elle avait rangé ses comprimés. Elle n'avait pas eu de malaises de ce genre depuis des mois.

Quand elle entendit les petits pas de Nicky dans la pièce voisine, elle jeta un regard affolé à son réveil et comprit qu'elle ne pourrait se rendre au journal. Tandis qu'elle composait le numéro de téléphone du Daily Globe, elle vit Gina se précipiter dans sa chambre.

— Vous êtes malade ?

— Oui, une affreuse migraine. J'essayais justement d'appeler le journal.

— Laissez-moi faire ! Je m'occupe de tout. Je vais vous chercher un cachet et un verre d'eau.

Nicky fit à cet instant irruption dans la pièce.

— Tu as mal à la tête, Maman ?

Elle sourit à ce petit visage bouleversé d'inquiétude et lui assura que bientôt elle irait mieux. Ses médicaments avalés, elle ferma les yeux et se laissa aussitôt gagner par le sommeil. Le repos était le seul remède efficace contre son mal. Le lendemain, elle serait sur pieds, et, comme promis, elle pourrait s'occuper de Nicky.

Elle dormit jusqu'à la tombée du jour. A son réveil, la migraine avait disparu, mais la fatigue persistait. Avec une lenteur inhabituelle, elle se leva, se rafraîchit le visage et s'habilla.

Quand elle entra chez Gina, Nicky l'accueillit en battant des mains.

— C'est fini, Maman ? Tu n'es plus malade ?

La jeune femme l'embrassa tendrement, en lui affirmant qu'elle se portait mieux. Comme elle faisait mine de redescendre avec l'enfant, Paolo insista pour qu'elle partageât leur dîner.

— Vous n'êtes pas en état de préparer à manger, appuya Gina. Restez avec nous.

52

Caterina, la petite fille du couple italien, commençait tout juste à bredouiller ses premiers mots. Nicky jouait fièrement le rôle d'interprète. A la vue de ces deux enfants, Audrey sentit son cœur se serrer en songeant que son fils serait à jamais privé de frères et de sœurs.

La présence de Gina et les bavardages incessants de son mari lui procurèrent un immense réconfort. Ils étaient ses seuls véritables amis. Un jour, elle était retournée dans son village natal avec l'espoir de briser la solitude qui l'entourait. Mais la nouvelle de sa prétendue trahison était parvenue jusqu'à ce lieu pourtant éloigné, et elle avait été traitée en véritable étrangère. Dès lors, elle avait appris à maîtriser ses sentiments et à se méfier des vains attachements.

La voix douce de Gina vint interrompre le fil de ses pensées.

— A propos, j'ai téléphoné à votre patron. Il a paru très ennuyé de vous savoir alitée.

— Vous n'avez pas fait allusion à Nicky au moins ?

L'Italienne ne dissimula pas sa surprise.

— Non, pas du tout.

Audrey laissa échapper un soupir de soulagement avant de s'expliquer :

— Vous comprenez, personne au journal n'est au courant de son existence…

Tout en justifiant sa réaction, la jeune femme espérait de tout son cœur que jamais Gina ou Paolo ne viendraient à se trouver en présence de Kenny.

Une heure plus tard, elle prenait congé de ses hôtes et conduisait Nicky dans sa chambre. Tandis qu'elle le déshabillait, il lui conta l'après-midi passé en compagnie de Paolo, et, d'un air de reproche, lui demanda :

— Dis, pourquoi est-ce que je n'ai pas de papa ?

— Alors maintenant je ne te suffis plus, répliqua Audrey sur un ton faussement indigné.

— Je t'aime beaucoup... mais je veux aussi un papa comme Caterina. Tu ne peux pas jouer avec moi comme un vrai papa...

Ces paroles qui se voulaient dénuées de toute méchanceté, affectèrent la jeune femme au plus profond de son âme. Détournant le fil de la conversation, elle se mit à parler du zoo et promit de l'y conduire le lendemain.

Plus tard, seule dans sa chambre, elle se rappela les paroles de son fils. Ce soir, elle avait pu éluder ses questions. Mais qu'arriverait-il dans quelques mois ? Elle réalisa avec amertume qu'il pourrait bientôt la rendre responsable de l'absence de son père. A cette pensée, des larmes jaillirent au coin de ses yeux.

4

Le lendemain matin, un magnifique soleil brillait dans le ciel londonien. Audrey réveilla Nicky de bonne heure, et ensemble ils partirent pour le parc zoologique. L'enfant se montra littéralement fasciné par les animaux sauvages qu'il découvrait au naturel pour la première fois. Tout au long de la visite, il harcela sa mère d'une foule de questions parfois étonnantes pour son jeune âge. Sur le chemin du retour, il s'endormit dans les bras de la jeune femme, épuisé par son bavardage ininterrompu et par la fatigue de leur longue promenade.

Au cours du déjeuner, Audrey eut toutes les peines du monde à lui faire accepter quelque nourriture. L'esprit encore plein des merveilleuses images accumulées durant la matinée, le petit garçon lui révélait son intention d'habiter plus tard dans la jungle et de soigner les animaux. A l'heure de la sieste, il se laissa conduire dans sa chambre avec une docilité inhabituelle et se replongea aussitôt dans un profond sommeil.

Restée seule, Audrey enfila un maillot de bain et courut s'allonger sur la pelouse, bien décidée à profiter de la température presque estivale de cet après-midi ensoleillé. La caresse brûlante du soleil sur sa peau dénudée lui procura une délicieuse sensation de bien-être. Gagnée par une douce somnolence, elle ne tarda pas à laisser échapper le livre qu'elle tenait devant elle. Bientôt, le temps cessa d'exister et elle s'endormit paisiblement.

Un vent tiède commençait à se lever quand le sentiment d'une présence étrangère la tira brusquement de sa torpeur. Elle se redressa d'un bond.

— Gina ?

— Non, ce n'est pas Gina, répondit la voix familière.

— Kenny ! s'écria-t-elle en laissant échapper un cri d'horreur.

Le journaliste détaillait nonchalamment les formes arrondies de sa silhouette.

— Vous avez oublié ceci dans ma voiture, fit-il en exhibant un tube de rouge à lèvres. Je suppose qu'il a dû glisser de votre sac à main.

— Vous auriez pu le garder jusqu'à lundi, balbutia-t-elle. Mais vous teniez peut-être à vous assurer de la réalité de ma maladie…

Tout en parlant, elle jeta un regard furtif sur la chambre de Nicky dont les fenêtres ouvraient sur le jardin. Qu'arriverait-il si le petit garçon venait à s'éveiller ?

— Ne soyez pas stupide, soupira Kenny.

Il considéra ses lèvres gonflées avec gêne, puis ses yeux descendirent jusqu'à sa gorge, encore rouge des éraflures laissées par ses doigts.

— Est-ce moi qui vous ai fait cela ?

Elle eut un froncement de sourcils.

— En douteriez-vous ? Il n'est pas dans mes habitudes de me laisser brutaliser par d'autres hommes que vous. Je vous réserve ce privilège !

En un éclair, il franchit la distance qui les séparait,

et, avant qu'elle ait eû le temps de réagir, il la saisit par les poignets et l'attira à lui.

— C'est ce que nous allons voir ! s'exclama-t-il sur le ton de la plaisanterie.

Audrey le fixa d'un regard haineux. Il répondit par un sourire paisible, tout en promenant avec une assurance tranquille sa main sur les hanches de la jeune femme.

Soudain, le grincement du portail les fit sursauter. Paolo et Gina les considéraient avec le plus vif étonnement. A l'expression peinte sur le visage de l'Italienne, Audrey comprit que l'identité du visiteur ne lui avait pas échappé.

Elle fit rapidement les présentations et réprima un cri d'indignation en voyant Kenny se pencher sur Caterina et la prendre dans ses bras.

— J'ai rapporté à Audrey un objet qu'elle avait oublié dans ma voiture hier au soir... j'espérais aussi que l'on m'offrirait un rafraîchissement...

La jeune femme fit mine de ne rien entendre, et Gina dut mettre fin au silence pesant qui avait succédé aux paroles du journaliste.

— J'ai préparé des jus de citron ce matin. Si nous montions prendre un verre chez moi ?

— Je vais me changer et je vous rejoins, glissa Audrey, anxieuse de vérifier si Nicky était toujours dans sa chambre.

A son grand soulagement, elle trouva son fils endormi. Elle déposa un tendre baiser sur son front et passa une robe en se demandant comment elle pourrait bien se débarrasser de l'importun.

Au premier étage, un nouveau choc l'attendait ; assis l'un près de l'autre, Kenny et Paolo devisaient comme de vieux amis. Il semblait être question de voitures et de mécanique.

Désormais rassurée sur le compte de son enfant,

Audrey se détendit et accepta les rafraîchissements que Gina lui offrait. Les deux femmes bavardaient tranquillement lorsqu'un cri de Caterina vint rompre soudain le fil de leur conversation.

— Nicky ! s'exclama la petite fille en fixant Kenny de ses deux grands yeux arrondis.

Un silence pesant s'installa dans la pièce.

— Qui est Nicky ? demanda le jeune homme d'un air amusé. Il semble avoir une grande emprise sur cette demoiselle…

— C'est un petit garçon qui vient jouer avec elle de temps à autre, expliqua précipitamment Gina. Elle ne parle pas encore très bien et elle appelle « Nicky » tous les hommes qu'elle voit pour la première fois.

Audrey se félicita intérieurement de la présence d'esprit de son amie. Elle-même était restée muette, paralysée par la crainte de voir son secret lui échapper. Kenny prit congé peu après, et Paolo le raccompagna à sa voiture.

— C'est le père de Nicky, n'est-ce pas ? questionna Gina lorsque les deux hommes furent sortis.

Sachant qu'il ne servait à rien de mentir, Audrey hocha lentement la tête.

— Je suppose qu'il l'ignore, continua l'Italienne. Mais ne l'avez-vous pas présenté comme votre directeur ?

— Oui, articula la jeune femme. C'est une longue histoire…

Elle ne se sentit pas le courage d'avouer toute la vérité à son amie, et se contenta d'un geste évasif.

— Heureusement qu'il ne s'est pas réveillé plus tôt, soupira-t-elle après un temps.

— Cela aurait peut-être été préférable. Il a besoin de son père, Audrey.

La jeune femme tapait pour la troisième fois une lettre dont Kenny ne cessait de rectifier le contenu. Depuis quelques jours, il était d'une humeur massacrante, imposant à sa secrétaire un rythme de travail acharné et l'obligeant à prolonger ses journées bien au-delà des horaires normaux. Elle avait consulté de nombreux journaux, dans l'espoir de trouver un nouvel emploi. Mais en vain.

Son nouveau patron semblait prendre un malin plaisir à la harceler de remarques désobligeantes et de réflexions malveillantes. Ses rapports avec Mathieu en particulier le mettaient hors de lui. Un jour, à l'heure du déjeuner, il avait surpris le jeune homme dans le bureau d'Audrey et l'avait renvoyé sans ménagement, en lui laissant clairement entendre qu'il perturbait le bon fonctionnement du service. La jeune femme aurait eu beau jeu de répliquer qu'elle n'était pas supposée travailler pendant la pause de midi. Mais elle avait préféré s'en abstenir, par crainte d'envenimer des relations déjà tendues. Le jour où elle aurait trouvé un autre emploi, elle ne se priverait pas de lui révéler ce qu'elle pensait de ses méthodes et de ses façons d'agir.

Pour l'heure, elle savourait un de ses rares moments de tranquillité. Le directeur d'une importante société d'import-export venait d'annoncer son intention d'attaquer le journal en diffamation. A cette nouvelle, Kenny s'était précipité dans le bureau du responsable de l'article incriminé, délivrant pour un court instant sa secrétaire de sa présence tyrannique.

La tension quotidienne, ajoutée à la chaleur accablante de ce début de printemps, épuisait la jeune femme et la laissait dans un état d'extrême nervosité. Gina, alarmée par la pâleur de son teint et par ses traits tirés, lui reprochait sa mauvaise alimentation. Audrey ne pouvait nier le bien-fondé de ces accusations. Depuis l'arrivée de Kenny Blake au Daily Globe, elle avait peu à peu perdu l'appétit. De plus, son emploi du temps surchargé ne lui laissait guère le loisir de se nourrir correctement.

Il lui arrivait de songer que Kenny, par ses mauvais traitements, la mettait au défi de lui tenir tête et cherchait ainsi à précipiter son départ. Cette seule pensée suffisait à lui redonner du courage et à lui insuffler une énergie nouvelle.

La sonnerie du téléphone vint interrompre le cours de ses réflexions. Elle décrocha distraitement le combiné, persuadée que Kenny l'appelait pour la charger d'une nouvelle tâche urgente et de première importance, comme à l'accoutumée. Presque aussitôt, ses mains se mirent à trembler au son de la voix anxieuse de Paolo. Il lui fallut quelques secondes pour réaliser ce qui se passait. Quand enfin elle comprit le sens de ses paroles, un cri d'horreur lui échappa.

A cet instant, Kenny fit irruption dans la pièce. La plainte de la jeune femme l'arrêta sur le seuil, et il resta bouche bée devant la pâleur cadavérique de son visage.

— Mais que se passe-t-il ? questionna-t-il après un temps.

Sans répondre, Audrey s'empara fébrilement de son sac à main et se dirigea vers la sortie d'une démarche de somnambule.

— Je dois partir… bredouilla-t-elle.

— Asseyez-vous ! ordonna Kenny en la poussant vers son fauteuil.

— Je dois partir, répéta-t-elle. Nicky a besoin de moi.

De grosses larmes roulaient sur ses joues. La voix

de Paolo continuait à se faire entendre dans l'écouteur. Kenny prit l'appareil.

— Ici Kenny Blake. Que se... Paolo, c'est vous !

Il écouta attentivement les explications de l'Italien, sans quitter sa secrétaire du regard.

— Entendu ! Je m'occupe de tout, fit-il d'un ton grave. Dans quel hôpital l'a-t-on transporté ?

Peu après, il reposait l'écouteur.

— Ainsi, Nicky est votre fils ! Pas étonnant que vous suppliiez Mathieu de ne pas retourner auprès de sa femme... Mais Grands dieux, pourquoi ne se décide-t-il pas une bonne fois pour toutes à choisir entre vous et elle ?

Audrey ne l'écoutait plus. Depuis que Paolo lui avait annoncé la terrible nouvelle, une seule pensée agitait son esprit : en ce moment même, son fils souffrait et elle n'était pas à ses côtés pour soulager sa peine.

— Il faut absolument que j'y aille tout de suite, murmura-t-elle comme en se parlant à elle-même.

— Dans cet état ?

Elle leva sur lui des yeux embués de larmes.

— J'ai tapé vos lettres, fit-elle sans trop savoir pourquoi. Elles sont...

— Au diable le courrier ! Avez-vous appelé un taxi ?

Elle secoua la tête en signe de dénégation. Il s'empara aussitôt du téléphone et composa un numéro sur le cadran. Puis, semblant se raviser, il raccrocha et prit le bras d'Audrey.

— Ma voiture est garée devant le journal. Allons-y !

— Je ne veux pas que vous m'accompagniez...

Mais déjà il l'entraînait vers l'ascenseur.

— Ne soyez pas stupide ! Votre fils est à l'hôpital. L'essentiel est que vous soyez à ses côtés sans plus tarder... mais vous préférez peut-être que Mathieu vous conduise...

Sans attendre sa réponse, il la conduisit au-dehors, ne s'accordant qu'un bref détour pour avertir la standardiste de son départ.

Sous le choc que lui avait causé l'annonce de l'accident de Nicky, Audrey avait à peine écouté les paroles de Paolo. Elle s'aperçut soudain qu'elle ignorait jusqu'au nom de l'établissement où se trouvait son fils. En un sens, il était heureux que Kenny ait pris les choses en main. Lui au moins réagissait avec calme et efficacité.

Tout au long du trajet, le journaliste resta silencieux, concentrant toute son attention sur une conduite rendue difficile par les multiples embouteillages. Il ne sortit de son mutisme qu'à l'entrée d'un vaste parking bordé de bâtiments ultra modernes aux façades entièrement vitrées.

— Personne au journal n'est au courant de l'existence de Nicky, n'est-ce pas? Vous devez tenir énormément à Mathieu pour garder un secret si pesant! Mais croyez-vous qu'il mérite une telle abnégation? Il vous fait un enfant et ne cherche même pas à divorcer. Qu'espérez-vous de lui?

Audrey était trop bouleversée pour prêter une quelconque attention à ces propos absurdes. A la vue de l'hôpital, son cœur s'était mis à battre atrocement, et elle tremblait maintenant, le corps secoué de longs sanglots. Kenny l'aida à sortir de voiture et la conduisit à l'intérieur de l'établissement.

Gina l'attendait à la réception. Son visage trahissait une intense émotion.

— Il est tombé du cerisier, articula-t-elle péniblement. Je ne l'ai laissé que quelques secondes, le temps de payer le laitier. Et quand je suis revenue...

je... je l'ai trouvé allongé sur le sol. Je crois qu'il a un bras cassé.

— Ne vous sentez pas coupable, fit Kenny d'une voix rassurante. Ces choses-là arrivent aux parents les plus attentifs. On ne peut pas surveiller un enfant constamment.

Gina expliqua qu'elle avait confié la garde de Caterina à une voisine. Devant la détresse de l'Italienne, Kenny crut bon d'intervenir à nouveau :

— Je vais rester avec Audrey. Rejoignez votre petite fille, et cessez de vous torturer ainsi.

La salle d'attente était vide. Audrey se laissa tomber dans un fauteuil, insensible au décor qui l'environnait. Les yeux fixés sur les murs, elle essayait vainement de calmer les battements désordonnés de son cœur. Soudain, une infirmière apparut dans l'encadrement de la porte.

— Madame Winters ? s'enquit-elle dans un large sourire. Votre petit garçon va très bien. Il s'agit d'une simple fracture. Si vous et votre mari voulez bien me suivre...

Ces paroles tirèrent Audrey de son cauchemar. Elle ouvrit la bouche pour corriger l'erreur, mais déjà la jeune fille s'avançait dans un long couloir où flottait l'odeur âcre de l'éther. Comme ils approchaient de la chambre, l'infirmière marqua une pause et se tourna vers Kenny.

— Votre fils vous ressemble beaucoup. C'est un enfant très courageux. Il n'a pas versé une seule larme.

Audrey sentit ses jambes se dérober sous elle et crut qu'elle ne pourrait continuer. Mais une poigne de fer la poussa vers l'avant.

Nicky était assis sur son lit. Son visage s'éclaira à la vue de sa mère.

— Je suis tombé de l'arbre, expliqua-t-il d'un air important. Et le docteur m'a réparé mon bras.

Audrey fut soulagée de retrouver son enfant souriant et alerte. Elle ne put résister à l'envie de serrer son petit corps contre le sien. Comme elle le prenait entre ses bras, les yeux du petit garçon se fixèrent sur Kenny.

— C'est qui ce monsieur ? demanda-t-il d'un ton circonspect.

Le journaliste considérait l'enfant avec incrédulité. Audrey éluda la question de Nicky en se tournant vers l'infirmière :

— Puis-je le ramener à la maison ?

— Bien sûr. Le médecin voudra sans doute vous donner quelques conseils. Saviez-vous qu'il a un groupe sanguin très rare ?

La jeune femme ne l'ignorait pas. Sans doute l'avait-il hérité de son père. L'expression du visage de Kenny confirma ses hypothèses. L'infirmière se précipita au chevet d'un enfant qui venait d'éclater en sanglots, les laissant seuls auprès de Nicky.

— Seigneur, pourquoi ne m'avez-vous rien dit ? éclata Kenny. Me cacher mon enfant…

— Ce n'est pas… commença Audrey.

Le regard de son interlocuteur l'arrêta net.

— Ne mentez pas. Je ne suis tout de même pas stupide à ce point. Regardez cette ressemblance… J'attends vos explications. Vous ne vous sortirez pas d'affaire aussi aisément.

L'arrivée du docteur mit fin à cet affrontement. Ils échangèrent quelques mots et prirent congé, emportant Nicky emmitouflé dans une épaisse couverture.

Le petit garçon avait suivi leur conversation avec étonnement, peu habitué à voir sa mère s'emporter de la sorte. Dans la voiture, il se frotta plusieurs fois les yeux, et bâilla à s'en décrocher la mâchoire.

Bientôt ses paupières s'alourdirent et il s'assoupit paisiblement. Quand le véhicule s'arrêta devant un immeuble de grand standing, Audrey eut un mouvement de colère.

— Je vous ordonne de me ramener chez moi, murmura-t-elle furieusement, en s'efforçant de ne pas réveiller l'enfant.

— Il n'en est pas question. Je veux une explication.

Sur ces mots, le journaliste descendit et ouvrit la portière de sa passagère.

— Sortez ! lança-t-il d'un ton sans réplique.

Elle s'exécuta à regret et ce ne fut pas sans un pincement au cœur qu'elle vit Kenny prendre l'enfant endormi dans ses bras.

L'appartement était vaste et meublé avec goût. Kenny disparut quelques instants dans la cuisine et en revint avec un plateau chargé de jus d'orange et de café.

Nicky venait tout juste d'ouvrir les yeux. Nullement surpris de se retrouver dans ce lieu nouveau, et les premiers instants de timidité passés, il s'adressa à l'inconnu :

— Est-ce que tu es un papa ? demanda-t-il d'une voix à peine audible.

— Oui, répondit Kenny avec le plus grand calme.

Le petit garçon laissa échapper un profond soupir.

— Moi, je n'ai pas de papa... Mais j'en voudrais bien un, n'est-ce pas maman ?

Audrey se sentait proche de l'évanouissement.

— Eh bien, nous allons voir ce que nous pouvons faire pour toi. Et si tu allais faire une petite sieste maintenant ? Tu as sûrement sommeil encore...

Nicky se laissa convaincre sans difficulté.

— C'est mon enfant, Audrey, vous ne pouvez le nier.

— En effet. Mais vous n'avez aucun droit sur lui.

— Libre à vous de le penser ! Je crains malheureusement que la justice ne soit d'un tout autre avis. Cet enfant a besoin d'un père, c'est évident.

Les yeux d'Audrey se dilatèrent sous l'effet d'une terreur subite.

— Vous n'allez pas me le prendre !...

— J'espère que nous n'aurons pas à en arriver à de telles extrémités. Le mieux serait de nous marier. Nicky retrouverait ainsi une vie normale.

La jeune femme n'en croyait pas ses oreilles. Elle s'attendait à tout, sauf à une proposition aussi incongrue.

— Vous voudriez que je vous épouse ? Après ce que vous m'avez fait ! N'y comptez pas...

— Je vous ai donné un fils.

Elle secoua farouchement la tête.

— Nous n'avons pas besoin de vous.

— En ce qui vous concerne, je l'admets volontiers. Mais lui ? Je vous le répète, il a besoin d'un père.

— Eh bien, je lui en trouverai un. Je...

Il la saisit par les poignets avec une violence incontrôlée. Elle comprit alors qu'elle venait de commettre une erreur : jamais il n'accepterait que son fils ait un autre père que lui.

— Quelle cruauté ! Vous seriez capable de... uniquement pour me faire souffrir. Je vous conseille de ne pas vous livrer à ce jeu-là. Sachez que je tiens à mon fils. Si vous rejetez ma proposition de mariage, je n'aurai aucune difficulté à lui trouver une autre mère. Une mère qui lui accordera plus de temps que vous ne le faites. Je peux lui offrir la sécurité affective et matérielle. Croyez-vous dans ces conditions qu'un tribunal puisse vous rendre un verdict favorable ?

Il semblait à Audrey que les griffes d'un étau se refermaient sur elle. Elle redoubla d'efforts pour conserver sa lucidité.

— Jusqu'à ce jour, vous ignoriez son existence. Comment osez-vous prétendre que vous tenez à lui ? Jamais je ne lui aurais donné la vie si j'avais su qu'un jour nous pourrions en arriver là...

— Ne vous avisez pas de répéter une chose pareille ! coupa-t-il, un accent menaçant dans la voix. Epousez-moi, Audrey, sinon je trouverai une autre femme.

— Laissez-moi un peu de temps. Je dois agir pour le bien de Nicky. Quel bonheur trouvera-t-il auprès de parents qui se haïssent...

Tout à coup, un appel étouffé leur parvint de la chambre voisine. Plus prompt à réagir, Kenny se précipita le premier au chevet du petit garçon. Quand Audrey pénétra à son tour dans la pièce, elle le trouva assis auprès de Nicky. A la vue de sa mère, l'enfant tendit les bras et, quand elle l'eut rejoint, il couvrit son visage de baisers. Un sentiment de triomphe s'empara alors de la jeune femme. Kenny la fixa d'un regard pénétrant.

— Ma proposition est tout à fait sérieuse, Audrey. Je veux votre réponse demain. Prenez un jour de congé. Vous ne pourrez ainsi m'accuser de ne pas vous avoir laissé le temps de réfléchir.

Lorsqu'ils reprirent le chemin de la villa, Audrey se sentit assaillie par une foule de pensées contradictoires. Tout à ses réflexions, elle ne remarqua pas l'attention grandissante de Nicky pour l'homme au sourire si chaleureux qui prétendait être son père. Aussi fut-elle prise de panique quand, à la descente de voiture, l'enfant tendit spontanément ses bras vers le journaliste.

A ce spectacle, elle comprit qu'elle n'était plus

maîtresse de sa décision : il lui faudrait compter aussi avec les sentiments du petit garçon.

— N'essayez pas de fuir, Audrey, conseilla Kenny quand ils eurent laissé l'enfant à la garde de Gina.

— Dois-je vous rappeler que cet après-midi vous n'étiez pas loin de croire que Mathieu était son père ?

— Maintenant, je sais qu'il est à moi. Et je viens vous offrir ma protection... à tous les deux.

— C'est très généreux de votre part. Malheureusement, nous n'avons nul besoin de vous. Quand nous aurions souhaité vous avoir à nos côtés, vous n'y étiez pas.

Le visage de Kenny devint pâle comme le marbre.

— J'ignorais que vous étiez enceinte ! J'ai déjà essayé de vous expliquer...

— Je n'ai pas envie d'entendre vos explications, coupa-t-elle, le regard en feu. Pourquoi essayez-vous de nous faire du mal ? Nicky et moi vivions parfaitement heureux jusqu'à aujourd'hui.

— Encore une fois, vous parlez pour vous. Un enfant a besoin de ses deux parents, Audrey. Soyez assez honnête pour l'admettre. Je ne veux que son bien, tout comme vous. Dès l'instant où j'ai compris qu'il était mon fils, j'ai su qu'il devait faire partie de ma vie...

— Oui, vous l'avez conçu, mais dans quelles conditions ! En abusant de la confiance d'une jeune femme innocente, dans le seul but de réussir un reportage. Et vous osez l'appeler votre fils ! Epargnez-moi au moins votre hypocrisie...

Après le départ de Kenny, Audrey demeura un long moment dans l'obscurité, essayant désespérément de remettre un peu d'ordre dans ses idées. Le journaliste n'avait pas énoncé ses menaces à la légère. Il se battrait jusqu'au bout. Et la justice lui donnerait sans nul doute raison : il apportait à son fils l'assurance d'une existence confortable et équilibrée, dans l'harmonie d'un véritable foyer. Que valaient, face à cela, les protestations d'une mère solitaire, obligée de délaisser son enfant pour gagner sa vie ?

Une pensée soudaine traversa l'esprit de la jeune femme. Le journaliste songeait-il à Gaël quand il parlait de se marier avec une autre ? Cette seule idée la bouleversa au plus profond d'elle-même.

Quelques coups discrets frappés à la porte du salon la firent sursauter. Gina entra dans la pièce, les yeux gonflés et la mine déconfite.

— Oh, Gina ! Ce n'est pas votre faute ! s'exclama Audrey en regrettant de ne pas s'être rendue plus vite auprès de son amie pour la rassurer. J'aurais dû monter vous voir plus tôt, mais je suis si... désemparée. Kenny veut que je devienne sa femme, pour le bien de Nicky.

— Audrey ! Enfin une bonne nouvelle ! Quand nous sommes rentrés de la clinique, le père de Paolo nous a téléphoné. Le frère de mon mari a eu un accident de voiture. Il est grièvement blessé. Nous devons nous rendre immédiatement à son chevet. J'appréhendais le moment de vous apprendre que nous devions partir sur-le-champ.

Audrey sentit son cœur se glacer. Si Gina et Paolo devaient la quitter, qui garderait Nicky ? Comment pourrait-elle se rendre à son travail si elle n'avait personne à qui confier la surveillance de son fils ? Il était encore trop petit pour être accepté dans un jardin d'enfants. Devrait-elle le confier à une nourrice et ne plus l'avoir à ses côtés quand elle rentrerait du journal ? Il lui restait encore le recours de trouver un autre couple et de louer à nouveau l'appartement du premier étage. Mais de telles démarches prendraient du temps et les nouveaux locataires accepteraient-ils de s'occuper de son enfant ?

— Le mariage ! disait Gina avec attendrissement. C'est merveilleux. Dès l'instant où je l'ai vu, j'ai su qu'il n'était pas homme à fuir ses responsabilités. Vous vous êtes querellés autrefois, c'est bien cela ? Et, par fierté, vous lui avez caché l'existence de son fils... Paolo sera ravi d'apprendre la nouvelle. Nous avions si peur de vous annoncer notre départ !

Audrey ne trouva pas les mots pour expliquer à son amie qu'elle ne voulait pas de ce mariage. Elle se sentait prise au piège. Qu'adviendrait-il si elle rejetait la proposition de Kenny ?

Il ne lui avait pas caché ses intentions : il voulait vivre avec son fils et lui donner son nom. S'il le fallait, il agirait aux dépens de la jeune femme et n'hésiterait pas, une nouvelle fois, à briser sa vie.

5

— Alors, la réponse est oui ?

Kenny lui tournait le dos, les yeux rivés sur le jardinet, les mains dans les poches de son pantalon de toile sombre. Il était arrivé à l'instant même où Audrey mettait Nicky au lit, et le sol du salon était encore jonché des jouets du petit garçon.

Elle n'avait presque pas dormi la nuit précédente, sous la torture des sombres pensées qu'avait fait naître en elle la proposition de Kenny.

Les yeux agrandis par la fatigue, elle rejeta d'un geste agacé les mèches de cheveux qui lui retombaient sur le visage.

Le jeune homme fit volte-face et tenta de lire dans le regard absent de son interlocutrice la décision qu'elle avait prise. Pouvait-il se douter que, quelques heures auparavant, elle avait commencé à empiler les vêtements de Nicky dans une valise, avec la ferme intention de fuir le plus loin possible ?

Pour le bien du petit garçon, elle s'était finalement résolue à accepter l'odieux marché. Elle ne se sentait pas le droit de priver son enfant de la présence d'un père, fût-il le plus méprisable des hommes. Jamais une décision ne lui avait tant coûté. Pourtant, au fond de l'abîme où elle se trouvait, une faible lueur lui donnait la force de survivre : l'espoir que son existence de femme mariée lui laisserait plus de temps pour s'occuper de Nicky.

Si Gina et Paolo étaient restés à ses côtés, peut-être eût-elle trouvé la force de résister à Kenny. Mais, depuis la veille, une pensée ne cessait de hanter son esprit : si elle refusait le mariage, le journaliste ferait tout pour reprendre son fils. Et le verdict du tribunal jouerait certainement en sa faveur...

— J'accepte... uniquement pour le bien de Nicky, répondit-elle d'une voix à peine audible.

— Je n'en doute pas.

L'ironie de ces paroles déchira son cœur plus cruellement que ne l'eût fait la lame d'un poignard.

— A quelle date avez-vous...

Les mots moururent au fond de sa gorge. Quand Kenny s'approcha du fauteuil où elle était assise, une terrible détresse la submergea. Il se mit à parler, mais elle ne perçut qu'un bourdonnement lointain, tandis que les murs de la pièce se mettaient à tourner autour d'elle. Il lui sembla soudain que toutes ses forces l'abandonnaient. Un voile opaque s'abattit devant ses yeux, et elle sombra dans l'inconscient.

— Il y a des années qu'elle se surmène.

Audrey distinguait faiblement l'écho d'une voix masculine.

— Elle a trop abusé de ses forces. On ne peut élever un enfant et travailler comme elle l'a fait. Enfin, étant donné ce que vous venez de m'apprendre, les choses devraient s'arranger désormais.

— Oui, nous allons nous marier très bientôt.

— C'est bien ainsi. Elle pourra enfin se reposer.

La jeune femme remua nerveusement sur son matelas. Même alitée, elle n'appréciait guère que l'on parlât d'elle comme d'un vulgaire objet. Kenny, assis à son chevet, remarqua ce mouvement d'humeur et tapota le bras du médecin.

— Eh bien, jeune demoiselle ! s'exclama le journaliste dans un joyeux sourire. Comment vous sentez-vous ?

— Faible, reconnut Audrey.

Les rayons du soleil jonglaient dans ses cheveux ébouriffés, auréolant son visage de reflets argentés. Tout à coup, une sourde angoisse l'étreignit.

— Où est Nicky ?

— Il va bien. Ne vous inquiétez pas. Je lui ai trouvé une charmante nurse du nom de Mme Johnson. Elle l'a emmené faire un tour.

Le médecin ferma sa sacoche.

— Qu'est-il arrivé ? lui demanda alors Audrey.

— Les événements de ces derniers jours, ajoutés à une activité trop intense. Votre fils s'est cassé un bras. Cet accident a suscité en vous une émotion trop vive, votre malaise en est la preuve. A partir d'aujourd'hui, je ne saurais trop vous recommander le repos.

Il prit congé et Kenny l'accompagna à sa voiture. Quand il revint dans la pièce, il s'assit à nouveau auprès du lit.

— Vous sentez-vous en état de parler ? questionna-t-il d'une voix étrangement douce.

Audrey hocha lentement la tête. Cet évanouissement avait-il été un recours désespéré pour échapper à l'emprise inéluctable de Kenny ?

Elle le considéra d'un regard vide.

— J'ai tout arrangé en vue du mariage, commença-t-il. Mme Johnson gardera Nicky pour l'occasion.

Il passa une main le long de sa mâchoire anguleuse.

— Je suppose que vous n'avez pas de rasoir dans votre trousse de maquillage. Je suis monté voir si je pouvais en emprunter un à Paolo, mais il n'y a personne dans l'appartement du premier étage...

— Ils sont repartis en Italie. Le frère de Paolo a été sérieusement accidenté.

— Il nous faudra trouver une maison d'ici peu, reprit Kenny. En attendant, vous et Nicky viendrez vous installer dans mon appartement. Je ne tiens pas à passer une nouvelle nuit sur votre divan. Je suis sûr que nous apprécierons le... confort de mon mobilier quand viendra le temps d'accomplir notre devoir conjugal...

— Il n'y aura pas de relations physiques entre nous ! s'écria Audrey avec vigueur. Et il est hors de question que nous allions habiter chez vous. Nicky a besoin d'un jardin pour jouer. Vous n'allez pas l'enfermer dans un immeuble !

— Pas de « relations physiques », répéta Kenny d'un air malicieux. Nous verrons bien.... En tout cas, il est impossible que nous vivions ici tous les trois.

Il enveloppa d'un regard éloquent la chambre exiguë et le lit à une place où se tenait la jeune femme.

— Aviez-vous l'intention de me reléguer dans l'appartement du premier ? interrogea-t-il.

Elle dut faire un effort pour poursuivre la conversation.

— Je pense, en effet, que ce serait la solution idéale. Nicky n'est pas encore habitué à votre présence et...

— Vous plaisantez, je suppose ! Nous nous marions pour apporter à Nicky l'affection d'une vraie famille. Que penserait-il d'un père vivant séparé de sa mère ? Avez-vous aussi dans l'idée de

74

m'accorder des droits de visite ? Si vous ne voulez pas habiter chez moi, eh bien nous trouverons une maison.

— Nous pourrions attendre de l'avoir trouvée avant de célébrer notre mariage, avança-t-elle, la gorge serrée.

— C'est hors de question. Nous nous marierons dans trois jours, même si je dois vous traîner de force à l'autel. Toutes les dispositions sont prises.

Il se leva et enfila sa veste de tweed.

— Je dois passer au bureau. Mme Johnson ne devrait pas tarder. Je lui ai laissé des instructions très strictes. Elle ne vous permettra pas de sortir du lit.

Mme Johnson était une femme d'une cinquantaine d'années, à la taille forte, aux cheveux grisonnants et à la voix chantante qui trahissait ses origines canadiennes. Sa douceur et sa gentillesse lui avaient tout de suite gagné la sympathie de Nicky. A l'heure du déjeuner, elle permit au petit garçon de se rendre au chevet de sa mère et de partager le repas avec elle.

— Je vais avoir un papa bientôt, lui annonça-t-il fièrement. Et nous irons habiter avec lui dans une nouvelle maison.

La jeune femme constata avec amertume que son futur époux n'avait pas perdu de temps pour informer Nicky des changements qui allaient bientôt intervenir dans son existence. Kenny se méfiait-il d'elle ? Craignait-il qu'elle ne dissimulât à l'enfant une partie de la vérité, ou qu'elle ne tentât de le dresser contre son père ?

Nicky était tellement habitué à l'affection exclusive de sa mère qu'il ne supporterait peut-être pas la présence d'une tierce personne. De toute façon, Audrey n'avait pas l'intention d'accréditer auprès de son fils l'image d'un couple tendre et uni. Elle ne savait encore rien des projets de Kenny. Vivrait-il en époux fidèle ou conserverait-il ses habitudes de célibataire ? Mais, après tout, que lui importait la manière dont cet intrus entendait mener sa vie future !

A l'heure du thé, la jeune femme se sentit assez de force pour quitter son lit. Quand elle poussa la porte de la cuisine, elle vit Nicky attablé autour d'un copieux goûter.

— M. Blake m'a recommandé de ne pas vous laisser quitter la chambre ! s'écria la nurse en la voyant entrer.

— Je n'ai pas d'ordre à recevoir de lui, répondit Audrey d'un ton sans réplique. Un peu d'exercice ne peut me faire que du bien.

Peu après, elle remerciait chaleureusement Mme Johnson de son concours et lui donnait congé jusqu'au lendemain. A l'heure du bain, Nicky insista, malgré son plâtre, pour ne rien changer à ses habitudes. Contrairement à beaucoup d'enfants de son âge, la toilette lui apparaissait davantage comme un divertissement que comme une corvée. Audrey partagea ses jeux favoris, heureuse de se retrouver seule avec son fils et d'écouter ses bavardages incessants. Elle ne se lassait jamais de ses inventions et s'émerveillait chaque jour des progrès qu'il accomplissait.

— Quand est-ce que papa va revenir ? demanda-t-il soudain.

Kenny n'avait pas précisé l'heure, ni le jour de son retour. S'il ne se manifestait pas dans la soirée, elle devrait l'appeler le lendemain pour s'informer de ses intentions.

— Je ne sais pas exactement. Bientôt, sans doute.

— Et puis après, on habitera toujours avec lui ?

— Toujours, assura-t-elle à contrecœur.

Elle le sortit du bain et commença à essuyer son petit corps humide.

— Est-ce qu'on va partir d'ici commè Gina ? interrogea-t-il encore.

— Peut-être... Allez, au lit maintenant. Quelle histoire veux-tu que je te raconte ce soir ?

Elle achevait la lecture d'un conte de fée quand la silhouette de Kenny se découpa dans l'embrasure de la porte. Elle ne l'avait pas entendu entrer. Il retira sa veste et la déposa au travers du lit. La jeune femme referma le livre d'une main tremblante. Elle savait que, pour le bonheur de Nicky, elle devait maintenant jouer le rôle qu'elle tiendrait tout le reste de son existence.

— Regarde qui est là, mon chéri... c'est ton papa, dit-elle d'une voix faussement enjouée en se penchant sur le lit du petit garçon.

L'incrédulité se peignit sur le visage de Kenny. Très vite pourtant, le jeune homme se ressaisit et vint s'asseoir auprès de son fils.

— Bonsoir, Nicky, fit-il d'une voix rauque.

Quand elle referma la porte de la chambre derrière elle, Audrey avait les yeux inondés de larmes. Elle avait dû rassembler tout son courage pour agir de la sorte. Elle se mordit la lèvre inférieure pour ne pas éclater en sanglots. Kenny était resté aux côtés de l'enfant. Que lui disait-il ? Essayait-il de gagner son affection ?

Elle marcha jusqu'à sa chambre d'un pas chancelant, et s'installa à sa coiffeuse. Fermant les yeux, elle enfouit son visage entre ses mains.

Kenny la surprit dans cette position et posa tendrement une main sur son épaule.

— Merci, Audrey, dit-il d'une voix émue. Vous venez de faire preuve d'une grande générosité.

— Et Nicky ? questionna-t-elle.

— Il dort paisiblement.

Il l'obligea à se lever et lui caressa la joue du revers de la main.

— Audrey, ne pleurez pas ! La perspective de ce mariage vous est-elle si désagréable ? Pourquoi ces larmes ?

— Je ne pleure pas, mentit-elle comme il l'attirait contre sa poitrine.

De longs sanglots secouèrent sa frêle silhouette et les mots s'éteignirent au fond de sa gorge. Elle s'en voulait de cet accès de faiblesse. Kenny murmura des paroles apaisantes à son oreille. Comme si cette soudaine avalanche de larmes libérait en elle une sensibilité trop longtemps refoulée, les propos rassurants de son compagnon lui firent l'effet d'une véritable caresse. Les mains du jeune homme s'insinuèrent prudemment sous son corsage, éveillant en elle des sensations oubliées depuis des années.

L'esprit comme annihilé par l'appel de ses sens, elle laissa les doigts du jeune homme errer doucement sur sa gorge frémissante et referma les bras sur ses épaules. Quelques secondes plus tard, elle se laissait conduire sans résistance jusqu'au petit lit, qui baignait dans la lumière tamisée d'une lampe de chevet. Quand Kenny prit sa bouche, elle répondit à ses baisers avec une ardeur désespérée.

— Aucun homme ne s'est approché de vous depuis des années, n'est-ce pas ? demanda-t-il gravement. Vous avez enfoui vos désirs au plus profond de vous-même. Laissez-vous vivre maintenant. Je veux vous éveiller à la vie, Audrey, sans que vous songiez cette fois à m'accuser de trahison.

Au son de cette voix chaude et vibrante, un souvenir gravé au tréfonds de sa mémoire resurgit en pleine lumière. L'espace d'une seconde, la jeune femme se retrouva trois années en arrière ; la même douceur, le même éclat de sincérité dans le regard.

Aussitôt, elle se débattit furieusement pour échapper à son étreinte.

— Qu'avez-vous ? s'inquiéta Kenny. Vous n'allez pas recommencer ? Il y a un instant, j'ai découvert en vous une vraie femme. Ne la privez pas de ce plaisir qui vous effraie.

Terrorisée, elle le repoussa avec brutalité. Comment avait-elle pu se conduire de la sorte ? Elle se détestait d'avoir cédé à cette folle impulsion. Jamais elle ne supporterait de devenir l'épouse de cet homme.

— Eh bien continuez ! hurla-t-elle, hors d'elle. Faites de moi ce qui vous plaira. C'est bien là votre but, n'est-ce pas ? Seigneur, comme je vous hais ! Vous prenez plaisir à vous jouer de moi.

Le visage de Kenny était livide.

— Pensez-vous vraiment ce que vous dites ? Je n'ai pas l'esprit aussi calculateur, Audrey.

La jeune femme fut prise de tremblements incontrôlables. Elle détourna vivement le regard.

— Vous avez la mémoire bien courte. Auriez-vous oublié vos agissements passés ?

— Je n'ai rien oublié. Est-il vrai qu'aucun homme n'a dormi à vos côtés depuis ce soir-là ? N'avez-vous jamais partagé votre vie avec un autre ?

Elle eut un rire proche de l'hystérie.

— Eh bien, qu'y a-t-il de si drôle ? grogna Kenny.

— Oui, j'ai partagé ma vie avec un autre homme. Votre fils ! Et c'est pourquoi je dois accepter cet odieux mariage...

— Il est trop tard pour reculer. Nicky...

— Oui, je sais. Mais sachez que c'est uniquement pour lui que je me prête à cet ignoble chantage. Et

79

jamais plus un homme ne prendra possession de mon corps sans amour.

Il la dévisagea attentivement.

— Et s'il le faisait avec amour ? murmura-t-il.

Elle ne put réprimer un sursaut.

— Il n'y a pas d'amour entre nous et il n'y en aura jamais !

La sonnerie aiguë du téléphone vint interrompre le silence pesant qui avait suivi ces paroles. Kenny se glissa hors du lit et courut au salon, tandis que la jeune femme rajustait les boutons de son corsage.

— C'était pour moi, expliqua-t-il en regagnant la chambre. Il se passe quelque chose d'anormal au journal. Je dois y aller tout de suite.

Il enfila sa veste avant d'ajouter :

— J'étais venu pour vous dire que j'avais trouvé une maison. Un de mes amis est muté aux Etats-Unis pour un an. Il est prêt à nous laisser sa maison, le temps que nous trouvions à nous loger. Tout semble s'arranger pour le mieux. A propos, qu'avez-vous prévu comme toilette ?

La question la prit au dépourvu.

— Quelle toilette ?

— Pour le mariage ! Voulez-vous que quelqu'un s'occupe de Nicky pendant que vous irez faire vos achats ? Je n'irai pas jusqu'à vous suggérer une robe blanche, mais libre à vous d'en décider autrement. Voilà une occasion de renflouer votre garde-robe...

— A quoi bon tant de frais ? Un simple tailleur noir conviendrait parfaitement à mon état d'âme !

L'espace d'un instant, elle craignit d'avoir dépassé les bornes. Les yeux de Kenny brillaient comme des volcans déchaînés. Pourtant, il réussit à conserver son calme.

— Il semble que vous mettiez un point d'honneur à compliquer les choses. Demain vous irez acheter cette robe. Et si vous ne le faites pas, je m'en chargerai moi-même.

Sur ces mots, il quitta la pièce. La porte d'entrée claqua avec une telle force que les murs de la maison en tremblèrent.

Kenny n'avait pas fait les choses à moitié. Ce fut seulement après la cérémonie qu'Audrey apprit qu'il avait fait préparer un lunch au Savoy, le restaurant londonien le plus réputé et le plus mondain.

— Eh bien, vous êtes une véritable cachottière, Audrey. Qui aurait cru cela de vous ?

Gaël la considérait d'un air hautain.

— Cru quoi ? intervint Kenny en saisissant le bras de sa femme.

Quand il glissa une main autour de sa taille aux yeux de tous, Audrey ne put retenir un mouvement d'indignation.

— Vous êtes fâchée, ma chérie ? Déjà ?

Un large sourire illuminait son visage, mais l'éclat menaçant qui avait furtivement traversé son regard n'avait pas échappé à la jeune femme.

— Je promets de rester à vos côtés pour le reste de la journée... et de la nuit, ironisa-t-il.

Oubliant la présence de Gaël, Audrey fit mine d'ouvrir la bouche pour exprimer sa rancœur. Mais ses lèvres s'entrouvrirent sur celles de Kenny qui venait y déposer un tendre baiser. Sans rien perdre de son assurance, il murmura à son oreille :

— N'oubliez pas que nous venons tout juste de nous marier. Nos invités seraient fort surpris d'assister à une querelle. Nous sommes supposés être heureux. Ne trouvez-vous pas tout cela très... romantique ? Personne ne doit apprendre que je vous ai obligée à m'épouser pour donner un nom à Nicky !

Audrey dut se faire violence pour ne pas hurler à qui voulait bien l'entendre qu'elle se moquait bien de toute cette mascarade.

— Sincèrement, Kenny, je ne vous croyais pas aussi démonstratif, minauda Gaël. Pourtant, je pensais vous connaître suffisamment !

Elle lança à la jeune mariée un regard sournois et poursuivit :

— Est-il vrai, Audrey, que vous avez un enfant ? J'ai du mal à le croire. Moi qui vous croyais si... vieux jeu. Dieu sait ce qu'en pensera le pauvre Mathieu. L'annonce de votre mariage l'a bouleversé...

— Il ne s'agit pas d'un enfant, coupa Kenny. Mais de mon enfant. Disons les choses clairement.

Audrey serra les poings. Cette vaste mise en scène la dégoûtait au plus haut point. En acceptant le marché de Kenny, elle n'avait pas songé qu'elle aurait à jouer le rôle de la mariée rougissante et ivre de félicité.

— Mais c'est un véritable conte de fée ! s'exclama la journaliste de sa voix mielleuse.

— Pas exactement, rectifia Kenny. Audrey et moi nous sommes disputés avant qu'elle n'apprenne sa grossesse. Sa fierté l'a empêchée de retrouver ma trace. Nous nous sommes revus au Daily Globe et nous sommes tombés amoureux pour la deuxième fois. C'est alors seulement que j'ai appris l'existence de mon fils.

— Kenny prétend que vous renoncez à votre travail, continua Gaël à l'adresse de la jeune femme. Vous n'avez pas peur de trouver le temps long ?

Audrey se raidit : elle ne pourrait supporter plus longtemps les provocations dissimulées de son interlocutrice. Kenny ne lui laissa pas le temps de répondre.

— Elle pourra enfin s'occuper de Nicky.

Quand Gaël, à court de questions, se fut éloignée, Kenny se tourna vivement vers sa nouvelle épouse.

— Je veux que tout le monde sache que Nicky est mon enfant et que je n'ai pas fait acte de charité en vous prenant pour femme. A propos, j'ai oublié de vous féliciter pour le choix de votre toilette... Elle vous va à ravir.

En prononçant ces mots, il la déshabilla littéralement du regard. Elle sentit le rouge monter à ses joues et s'en voulut de ne pas avoir résisté à l'attrait de cet ensemble élégant, de couleur crème, qui mettait parfaitement en valeur les courbes féminines de son jeune corps.

— Vraiment superbe, insista-t-il.

— Vous n'auriez pas dû parler de Nicky à Gaël, protesta Audrey en tentant de changer le fil de la conversation.

Le visage de Kenny se rembrunit.

— Pourquoi pas ? Je n'ai pas à avoir honte de lui. Je veux que tout le monde sache que je suis son père.

— Souhaitez-vous aussi révéler publiquement les circonstances de sa naissance ? Vous êtes inhumain. Vous voudriez que je me conduise comme si je vivais le plus beau jour de ma vie, alors que j'ai été contrainte d'accepter cette union de peur que vous ne m'enleviez mon enfant. Un enfant que vous avez conçu sans le moindre amour et sans le plus petit sentiment. Votre cynisme est désarmant. Je...

Kenny appliqua une main ferme sur sa bouche. Son geste fut accueilli par une véritable ovation, et, quand il relâcha son étreinte, elle constata avec amertume qu'ils se trouvaient au milieu d'un petit rassemblement, visiblement ravi de leurs apparentes démonstrations d'amitié.

Kenny abandonna la compagnie de sa femme et s'en fut bavarder avec quelques-uns de ses amis. La plupart des invités étaient des employés du journal pour lesquels Audrey n'éprouvait guère de sympathie.

Elle avait confié Nicky aux bons soins de Mme Johnson, mais déjà son enfant lui manquait. Depuis l'accident, l'inquiétude la rongeait à chacune de ses absences. Kenny réprouvait cette attitude : à ses yeux, la jeune femme accordait une attention excessive au petit garçon. Il lui avait même reproché d'être une mère trop possessive. Elle se remémora cette accusation, et une vague d'indignation la submergea. Comment osait-il lui donner des conseils en matière d'éducation ? Soudain, son cœur se serra : elle venait de comprendre qu'il en avait maintenant tous les droits.

Elle s'éloigna pensivement de la foule, sans se rendre compte qu'un homme lui emboîtait le pas. Bientôt, elle sentit une main s'abattre sur son épaule. Faisant volte-face, elle reconnut Mathieu. Son visage reflétait le plus grand désespoir.

— Je ne pouvais croire à ce mariage. Audrey, que vais-je devenir sans vous ? Vous êtes la seule à qui je puis me confier.

Elle eut envie de rire de sa naïveté et de son égoïsme. Il se comportait comme un enfant. C'était sans doute la raison pour laquelle elle n'avait jamais rejeté son amitié. Il ne menaçait en rien son univers d'indifférence et de solitude.

— Vous me manquez terriblement, poursuivit le jeune homme. J'avais besoin de vous parler. Mary insiste pour revenir vivre à mes côtés. Que dois-je faire ?

Audrey, exaspérée, était sur le point de lui faire

84

comprendre que lui seul pouvait prendre ce genre de décisions, lorsqu'une ombre s'interposa entre eux.

— Audrey est ma femme depuis aujourd'hui, lança Kenny à l'adresse du pauvre Mathieu. Je vous conseille de ne pas l'oublier.

Puis, s'adressant à la jeune femme :

— Et vous aussi, Audrey. A quoi jouez-vous ? Essayez-vous d'anéantir tous mes efforts en vous laissant courtiser par cet homme ?

— Mathieu et moi sommes de vieux amis, protesta-t-elle, surprise par cet éclat. Personne ne pourrait penser que...

— Que vous étiez amants ?

Voyant le tour que prenait la conversation, Mathieu jugea préférable de se retirer.

Le ton du journaliste se radoucit.

— J'ai pourtant cru que vous fréquentiez cet homme... jusqu'au moment où j'ai compris que vous aviez vécu seule pendant toutes ces années.

— Comme la Belle au bois dormant, attendant son prince charmant ? Est-ce ainsi que vous voyez les choses ? Je suis navrée d'avoir à détruire vos illusions. Je vous méprise, et toutes vos caresses n'y feront rien...

— Elles ne vous ont pourtant pas laissée indifférente l'autre soir...

— Je ne savais pas ce que je faisais. Après l'accident de Nicky, je...

— Oui, je sais... Mais ne persistez pas dans cette attitude de défi, vous ne savez pas à quoi vous vous exposez.

Il tourna sur ses talons et s'éloigna avant qu'elle ait eu le temps de répondre, la laissant en proie à un immense désespoir.

6

Ils quittèrent la réception sous de joyeuses accla-
mations. Seuls Gaël et Mathieu, absents au moment
des adieux, ne joignirent pas leurs vœux à ceux des
autres convives.

— Je n'ai pas jugé utile d'organiser une lune de
miel, ironisa-t-il sur le chemin du retour. Mais je
commence déjà à le regretter... vous êtes si attirante
dans ce nouvel ensemble...

— Ne regrettez rien, coupa Audrey d'un ton sec.
Je me suis simplement conformée à vos ordres en
achetant cette toilette.

— Pourquoi n'êtes-vous pas toujours aussi
docile ? A propos, où suis-je supposé dormir cette
nuit ? Attendez, laissez-moi deviner...

La jeune femme s'agita nerveusement sur son
siège. Ils avaient décidé d'emménager dans leur
nouvelle maison le lendemain du mariage. Audrey
avait insisté pour passer une dernière nuit à la villa.
Mais la question de Kenny la mettait au comble de
l'embarras. Le matin même, quelques minutes avant
l'arrivée de Mme Johnson, elle avait gravi en toute
hâte les marches de l'escalier qui conduisait au
premier étage. Dans l'ancienne chambre de Gina et
Paolo, elle avait refait le lit de draps frais, et avait

déposé une chemise de nuit en travers de la couverture.

Pourtant, elle avait très vite regretté cette mise en scène destinée à préserver les apparences vis-à-vis de la nurse. Après tout, que lui importait le jugement de cette femme ? L'arrivée du taxi qui devait l'emmener à l'église ne lui avait pas laissé le temps de rectifier son erreur.

— Nicky acceptera peut-être de partager son lit avec vous, suggéra-t-elle.

— Ou peut-être sa maman acceptera-t-elle de partager le sien avec moi ?

— Non !

— Quelle véhémence ! Je crois me souvenir d'un temps où ce genre d'invitations vous faisait plutôt plaisir.

Audrey était au bord des larmes. Comment parviendrait-elle à supporter cette union s'il s'obstinait à faire resurgir ainsi le passé ?

— Vous avez tout fait pour m'ôter l'envie de renouveler pareille expérience.

A peine avait-elle achevé sa phrase que la voiture s'arrêtait dans un crissement de pneus. Avant qu'elle ait eu le temps de comprendre ses intentions, Kenny appliquait fermement ses lèvres sur la bouche de la jeune femme.

— Ne m'accusez plus jamais de cette manière ! Ou bien je vous donnerai de véritables raisons de vous plaindre...

Il prit à nouveau possession de sa bouche avant de murmurer :

— Voilà qui est mieux ! Vous ressemblez vraiment à une jeune mariée, maintenant !

Soudain, une idée insolite parut germer dans son cerveau et un éclair moqueur anima son regard.

— A propos, nous semblons oublier l'un et l'autre

que nous sommes mari et femme. Ne vaudrait-il pas mieux nous tutoyer ? Qu'en penses-tu... ma chérie ?

Audrey eut un haut-le-corps. Elle allait lui opposer un refus catégorique quand elle comprit qu'il ne servait plus à rien de protester. Elle avait accepté son odieux marché ; autant s'habituer dès à présent à ce rôle d'épouse qui, dorénavant, allait occuper chaque instant de son existence.

Quand la voiture s'arrêta devant la villa, Nicky sortit en courant à leur rencontre. Il parut supporter avec agacement l'étreinte de sa mère, et, dès qu'elle l'eut lâché, il courut se jeter dans les bras de Kenny.

— Je vais le mettre au lit, lança Audrey d'une voix frémissante. Vous... tu pourrais peut-être raccompagner Mᵐᵉ Johnson chez elle...

— Le soir de vos noces ? Vous n'y pensez pas ! s'exclama cette dernière. Je rentrerai bien toute seule...

— Et si tu me laissais mettre Nicky au lit ? suggéra Kenny après le départ de la nurse.

— Ce mariage ne te suffit donc pas ? As-tu maintenant l'intention d'usurper mon rôle auprès de cet enfant ?

— Pas du tout, répondit-il posément.

Nicky, inquiet de la tension qu'il sentait monter entre les deux adultes, s'accrochait aux jambes de son père.

— Tu sembles fatiguée, reprit ce dernier. Le docteur t'a bien recommandé le repos. Tu n'as rien mangé au lunch. Je voulais mettre Nicky au lit pour te permettre de t'allonger un instant. Ensuite, je préparerai une omelette et...

— Pour l'amour du ciel, cesse cette comédie ! Je vais m'occuper de Nicky...

Puis, se rappelant la mise en scène qu'elle avait

organisée à l'intention de Mme Johnson, elle changea brusquement d'avis.

— Oh... et puis quelle importance ! Fais-le si tu en as envie. Mais ne te donne pas la peine de cuisiner, je serais incapable d'avaler une seule bouchée...

Surpris par ce revirement inattendu, Kenny emmena le petit garçon dans la salle de bains. Dès qu'ils eurent disparu. Audrey monta en toute hâte au premier étage.

Les derniers rayons du soleil couchant filtraient à travers les rideaux, teintant de rose et d'ocre la chemise de nuit soyeuse qu'elle avait placée au travers du lit. Elle était sur le point de la retirer quand Kenny fit irruption dans la pièce.

— Ah ! Je te trouve enfin ! Nicky veut ses petits canards en plastique et...

La jeune femme avait gardé le dos tourné. Les paroles de Kenny parurent se perdre au fond de sa gorge, et elle comprit aussitôt qu'il percevait la signification de son brusque changement d'opinion.

— Humm Humm, mais je vais avoir droit à ma nuit de noces, à ce que je vois...

— C'est à cause de Mme Johnson que j'ai...

— Vraiment ? Il n'y a pas une heure, tu prétendais pourtant te moquer du qu'en dira-t-on ! Je ne sais plus que croire...

— Tu peux croire ce que bon te semble. Mais sois sûr d'une chose : je ne passerai pas la nuit avec toi.

Elle fit mine de quitter la pièce. Plus rapide que l'éclair, il la rejoignit et lui barra le passage.

— Audrey, était-ce uniquement pour Mme Johnson ? reprit-il d'une voix radoucie. Ou la femme qui sommeille en toi est-elle en train de...

— Je t'en prie, laisse-moi ! supplia la jeune femme, soudain assaillie par une foule de souvenirs, à la vue de ce corps puissant qui l'empêchait de sortir.

— Il faut que je m'occupe de Nicky, bredouilla-t-elle d'une voix rauque. Laisse-moi passer.

Il recula d'un pas. Quand elle le frôla pour gagner les escaliers, son corps fut parcouru d'étranges frémissements.

— C'est encore loin ? demandait Nicky pour la troisième fois, comme ils roulaient en direction de leur nouvelle demeure.

La veille au soir, Audrey s'était précipitamment enfermée dans sa chambre, prétextant une grande lassitude. Mais elle n'était parvenue à trouver le sommeil que tard dans la nuit.

Les membres engourdis et les paupières mi-closes, elle regardait sans le voir le paysage défiler à vive allure sous ses yeux.

Kenny lui avait expliqué que la villa était située dans un petit village assez éloigné de la capitale, et il lui avait promis de lui procurer une voiture dès leur installation. La jeune femme envisageait avec appréhension sa nouvelle existence. La présence constante de Kenny à ses côtés lui était insupportable. Depuis leur mariage, elle vivait sur les nerfs, incapable de trouver un instant de détente et d'oubli.

Ils trouvèrent le village sans difficulté, mais durent s'arrêter pour demander le chemin de la maison. Peu après, Kenny engageait le véhicule sur un chemin étroit et sinueux.

Ils découvrirent une grande bâtisse en bois blanc, surmontée d'un toit de chaume et percée de larges baies vitrées. Des buissons de lavande entouraient la propriété.

Audrey ne put retenir un cri d'admiration.

90

— C'est magnifique ! s'exclama-t-elle en retenant son souffle.

— C'était une vieille grange abandonnée datant du seizième siècle. Elle a été rénovée et agrandie il y a environ une dizaine d'années. Le parc est immense, un jardinier s'en occupe. Et je crois même qu'il y a une balançoire derrière la maison. Voilà qui empêchera peut-être Nicky de grimper dans les arbres fruitiers...

Ils descendirent de voiture et marchèrent à pas lents vers leur nouvelle demeure. L'attention de Nicky fut tout de suite absorbée par les nombreux animaux qui semblaient peupler le parc. Il courut tout d'abord à la rencontre d'un chaton qui, à la vue de l'enfant, détala ventre à terre. Nullement désappointé, le petit garçon entreprit alors de faire la chasse à un papillon surgi d'un buisson de lavande.

Pendant ce temps, Kenny ouvrait la porte de la maison. Il céda le passage à son épouse qui ne manqua pas d'émettre un cri d'indignation quand elle se sentit tout à coup soulevée par ses bras puissants.

— Que fais-tu à ma maman ? interrogea Nicky en rejoignant le couple à toutes jambes.

Il fixait son père d'un regard noir. Audrey salua cette première démonstration de jalousie avec un sentiment de triomphe.

— Je lui fais franchir le seuil de notre toute première habitation, expliqua Kenny. Notre union n'a peut-être pas été sous tous ses aspects très conforme aux conventions, mais ce n'est pas une raison pour négliger cette vieille tradition.

— Lâche-moi ! implora la jeune femme.

— Lâche ma maman ! répéta Nicky.

Une lueur amusée flottait dans le regard de Kenny quand il reposa Audrey sur le sol. Elle entreprit aussitôt de faire le tour du propriétaire et constata avec soulagement que la maison comportait trois chambres indépendantes. Kenny la rejoignit au premier étage, comme elle était occupée à déballer les affaires de son fils.

— Je suppose que tu n'as pas l'intention de t'occuper de mes valises avec autant de soin, lança-t-il derrière son dos.

Audrey feignit de n'avoir rien entendu. Comment pouvait-il attendre de sa part pareille soumission !

Les jours passèrent sans que la jeune femme ne trouvât l'occasion de se plaindre de sa nouvelle vie. Malgré de fréquentes marques de jalousie, Nicky semblait ravi de la présence de son père. Depuis leur arrivée au cottage, Audrey avait pris l'habitude de se lever tôt le matin, pour permettre au petit garçon de voir Kenny avant son départ pour Londres.

Le comportement du journaliste avait radicalement changé. Il se montrait beaucoup plus indulgent qu'auparavant et épargnait désormais à son épouse les remarques acerbes des premiers jours. Il rentrait relativement tard du journal. Parfois même, il lui arrivait de passer la nuit dans son appartement londonien. Elle feignait de se satisfaire de cette situation. Pourtant, quand il ne rentrait pas, elle éprouvait des difficultés à trouver le sommeil. De son côté, Nicky la harcelait de questions à chacune de ces absences.

Un soir, la sonnerie du téléphone retentit dans le salon, au moment où la jeune femme s'apprêtait à gagner sa chambre. L'appel était destiné à Kenny. Quand Audrey eut informé son interlocuteur de l'absence de son mari, l'homme se présenta comme le propriétaire du cottage. Il se montra fort soucieux de savoir si l'emménagement s'était déroulé sans problèmes et s'ils se plaisaient dans leur nouvelle demeure. Audrey lui assura que tout allait pour le mieux et le remercia chaleureusement de leur avoir loué cette maison.

Quand elle eut pris congé de l'étranger, elle composa immédiatement le numéro de l'appartement de Londres pour faire part à Kenny de cette communication. La sonnerie résonna plusieurs fois dans le vide et elle était sur le point de raccrocher lorsqu'une voix de femme retentit à l'autre bout du fil.

— Ne vous dérangez pas, Kenny. Je crois que c'est le journal. Quelle idée d'appeler à une heure aussi tardive !

Audrey reconnut instantanément la voix de Gaël. Elle se hâta de reposer le combiné. Cette nuit-là, elle resta longtemps éveillée, sans parvenir à comprendre la raison des battements précipités de son cœur.

Kenny rentra au cottage le lendemain soir. Audrey avait résolu de se comporter comme si de rien n'était. Pourtant, lorsqu'elle se trouva face à lui, elle ne parvint pas à articuler un seul mot. Il retira sa veste sans paraître remarquer l'étrange comportement de sa femme et se laissa tomber dans un fauteuil.

— Je suis éreinté ! s'exclama-t-il.

— Peut-être devrais-tu dormir un peu plus...

Les yeux clos de Kenny s'ouvrirent en un éclair.

— Ce qui veut dire ? s'enquit-il d'un ton las. Tout homme a des besoins qu'il doit impérativement satisfaire. Faute de quoi il devient nerveux et perd peu à peu le sommeil. Mais je suppose que ta morale réprouve cette évidence...

Le souper se déroula dans une atmosphère tendue. A la fin du repas, Audrey se retira pour mettre un peu d'ordre dans la cuisine et ranger la vaisselle. Quand elle poussa la porte du salon, elle trouva Kenny endormi sur le canapé. L'expression de son visage lui donnait une apparence de douceur et de vulnérabilité. Une fois de plus, elle put constater son étonnante ressemblance avec Nicky. Etait-ce la raison du trouble étrange qui l'envahissait en sa présence ?

Elle détourna les yeux et décida d'aller se coucher. A quoi bon le réveiller ? Ils n'avaient rien à se dire. Elle s'endormit aussitôt d'un profond sommeil que la sonnerie du téléphone dans la maison silencieuse ne parvint pas même à troubler. Le lendemain matin, elle trouva un petit mot accroché à la bouteille de lait. Kenny avait été rappelé au journal. Elle froissa le morceau de papier avec rage.

A quoi bon ce mariage s'il ne daignait pas même passer le week-end en famille ! Elle regretta aussitôt son mouvement d'humeur : sa fierté lui interdisait d'admettre que l'absence de son mari l'affectait...

Après le déjeuner, elle envoya le petit garçon faire sa sieste et se fit couler un bain. Elle achevait de se sécher quand son attention fut soudain attirée par le ronflement d'un moteur de voiture. Etait-ce déjà Kenny ? Elle se brossa rapidement les cheveux et enfila une robe de soie rouge. Pourquoi tant de hâte ? souffla une petite voix dans son cerveau. Tu méprises cet homme, et pourtant tu te précipites à sa rencontre, comme une adolescente court au-devant de son premier amoureux...

A cette pensée, la jeune femme hésita un instant. Puis, haussant les épaules, elle s'élança dans la cage d'escalier. Quelle ne fut pas sa déception quand, d'une fenêtre du premier étage, elle aperçut la silhouette dégingandée de Mathieu qui traversait la pelouse d'une démarche maladroite ! Elle descendit en courant jusqu'à la porte d'entrée, se demandant quel pouvait bien être l'objet de sa visite. Il paraissait plus affligé que jamais.

— C'est Marie, lui expliqua-t-il quelques minutes plus tard, une tasse de thé à la main. Elle menace de me quitter à nouveau. Elle me trouve ennuyeux et me reproche de ne jamais la sortir. Mais comment le pourrais-je ? Kenny nous impose un rythme de travail infernal. Et il prétend que les choses continueront ainsi tant que le journal n'aura pas les meilleures ventes de toute la presse britannique. Je suis si fatigué que quand je rentre chez moi, je n'ai qu'une obsession : dormir. Mais Marie n'arrive pas à comprendre…

Un tremblement nerveux secoua ses lèvres, l'empêchant de poursuivre. Il paraissait sur le point de fondre en larmes. Son attitude irrita la jeune femme au plus haut point. Comment s'étonner qu'une femme abandonnât un homme aussi faible et apathique ?

— Ecoutez, Mathieu, vous devez lui expliquer clairement que vous avez beaucoup de travail. Ou bien alors, trouvez un emploi moins astreignant !

— Vous pensez comme elle, constata-t-il amèrement. Vous avez changé, Audrey. Avant, je pouvais me confier à vous. Mais maintenant, vous êtes comme toutes les autres. Peut-être devrais-je me conduire à la manière de Kenny… et m'emparer de ce que je désire.

Il la saisit alors par la nuque, sans lui laisser le temps de comprendre ce qui lui arrivait.

— Mathieu, lâchez-moi immédiatement ! hurla-t-elle plus fâchée que véritablement effrayée. Ne soyez pas stupide. Je n'ai absolument pas changé… Je pense simplement que vous pourriez faire un effort pour garder Marie à vos côtés.

Au lieu de la libérer, il posa la tête sur son épaule.

— Audrey, je vous prie de me pardonner. Je suis sincèrement désolé, je…

— Je crois que vous le serez encore plus si vous ne sortez pas immédiatement de cette maison, coupa la voix glaciale de Kenny.

Comme un voleur pris sur le fait, Mathieu se redressa et recula d'un pas. L'intrusion de son époux suscita chez Audrey une vague de panique incontrôlable. Elle regarda Mathieu se diriger lentement vers la porte. Pourquoi n'avait-il pas répondu à l'attaque de Kenny ? Pourquoi s'enfuyait-il ainsi, la laissant seule pour affronter cette situation délicate ?

— Et si vous osez remettre un pied chez moi, je ne donne pas cher de votre peau, continua Kenny en lui ouvrant la porte.

Un silence pesant suivit le départ du jeune homme. Quand le bruit du moteur se fut évanoui dans le lointain, Kenny considéra avec mépris les deux tasses de thé disposées sur la table du salon.

— En général, c'est une cigarette que l'on partage après l'amour. Du thé !… Encore une des bizarreries de ce gringalet ! Remarque, il n'est pas bien méchant. C'est sans doute ce qui te plaît en lui. Tu peux le manipuler à ta guise, le soumettre à tous tes caprices. Est-ce cela que tu attends d'un homme ?

Comme elle restait muette, il poursuivit :

— Mais enfin, Audrey, qu'essaies-tu de prouver ? Qu'un autre homme que moi peut te faire un enfant ? Si c'est le cas, je préfère m'assurer dès maintenant que nous ignorerons tout de la paternité du deuxième !

Il la projeta contre le mur et plaqua violemment son corps contre le sien.

— Kenny, protesta-t-elle. Tu n'as rien compris. Mathieu…

Mais il ne l'écoutait pas. D'un geste ferme, il la soulevait du sol et, tout en maintenant ses poignets prisonniers, la portait à grandes enjambées jusqu'à la cage d'escalier.

— Je ne veux rien savoir ! fit-il quand ils atteignirent le premier étage.

Il donna un coup de pied dans la porte de la chambre, la déposa sur le lit sans plus de cérémonie et l'emprisonna de tout le poids de son corps viril. D'une main, il rejeta sa nuque en arrière et de l'autre, ouvrit le haut de sa robe.

— Te regarde-t-il comme cela ? interrogea-t-il en détaillant sa fine silhouette d'un regard enflammé. Dieu du ciel, j'avais presque oublié ce grain de beauté !

Le cœur de la jeune femme se mit à battre éperdument au contact de ses doigts fébriles.

— Est-ce qu'il te caresse ainsi ? continua Kenny d'une voix rauque. Es-tu aussi insensible à ses baisers ? Je te désire follement, Audrey, en es-tu consciente ?

Il promena délicieusement ses lèvres contre celles de la jeune femme. Partagée entre la tentation de s'abandonner au plaisir qu'il éveillait en elle et l'envie furieuse de le gifler, elle se débattit faiblement.

Mais son baiser se fit plus insistant, forçant ses lèvres tremblantes à s'entrouvrir. Audrey, ne pouvant plus résister au désir impérieux qui embrasait sa chair, laissa échapper un faible gémissement.

Le premier sanglot de Nicky ne lui parvint pas distinctement. Ce fut seulement quand Kenny se redressa d'un bond qu'elle comprit que son fils pleurait.

— C'est Nicky ! fit-elle d'une voix tremblante.

Elle n'osait affronter le regard de son compagnon.

Comment avait-elle pu s'abandonner sans retenue à son étreinte ?

— Tu ferais mieux d'aller voir ce qu'il a, suggéra Kenny. Tu as vraiment de la chance ! Quelques secondes de plus et...

Elle enfila prestement sa robe, les joues en feu.

— Mathieu est seulement venu pour parler avec moi. Nous n'avons pas...

— Vous n'avez pas quoi ? Fait l'amour ? Crois-tu que je l'ignore ? Ton corps répond si fiévreusement à mes caresses... Il les désire irrésistiblement, même si ton esprit refuse de l'admettre..

— Je ne suis pas Gaël, bredouilla-t-elle, les yeux embués de larmes.

— Et qu'est-ce que cela signifie ?

— J'ai téléphoné à l'appartement l'autre soir. C'est elle qui a répondu.

— Et tu en as immédiatement déduit que nous nous livrions à de coupables agissements. Il ne t'est pas venu à l'esprit que le directeur du Daily Globe puisse avoir à traiter un dossier épineux avec l'une de ses collaboratrices, en dehors des heures de bureau ?

Quand elle eut réconforté Nicky qui venait de se réveiller d'un mauvais rêve, elle redescendit au rez-de-chaussée et trouva Kenny dans la cuisine. Il se conduisait comme si rien de particulier ne s'était passé.

— Et si nous prenions un bain de soleil ? suggéra-t-il d'une façon tout à fait inattendue. Il serait bon que tu habitues ta peau fragile aux rudes chaleurs qu'elle va devoir supporter.

— Les rudes chaleurs de l'Angleterre ne m'effraient pas outre mesure.

— Je ne t'ai donc pas fait part de mes projets ? Nous partons en vacances d'ici peu...

98

— Je n'irai nulle part avec toi. Tu peux emmener Gaël si tu en as envie.

Il éclata d'un rire sonore.

— C'est impossible. Vois-tu, nous sommes invités chez ma marraine et malheureusement, je lui ai déjà dit que mon épouse avait les cheveux roux. Remarque, je peux toujours emmener Nicky avec moi.

— C'est hors de question.

— Nicky et moi partons en vacances, avec ou sans toi. J'ai déjà réservé les places sur le bateau.

— Le bateau ? Mais où habite ta marraine ?

— En France. A Saint-Jean-Cap-Ferrat. Elle possède une villa avec plage privée. Nicky va adorer cela.

Comme elle restait silencieuse, il reprit :

— Alors, tu nous accompagnes ?

— De toute façon, je ne laisserai pas Nicky partir seul avec toi...

— Alors c'est d'accord ? Tu auras sans doute quelques achats à faire. J'ai déjà prévenu Mme Johnson qu'elle devrait s'occuper de Nicky lundi.

— Tu as vraiment tout prévu ! s'écria-t-elle rageusement.

— Je fais de mon mieux, ironisa-t-il avant de sortir dans le jardin.

Audrey le regarda s'éloigner de sa démarche tranquille. Qui était-il donc pour décider ainsi de son existence ?

7

— Nous allons bientôt nous arrêter pour déjeuner.

Audrey hocha lentement la tête. Ils roulaient sur une route du nord de la France, une nationale bordée de peupliers, qui semblait ne jamais devoir finir. Nicky s'était endormi sur la banquette arrière et le plus grand silence régnait dans la voiture.

Kenny n'avait pas laissé le choix à son épouse. Jamais la jeune femme n'aurait accepté de son plein gré ce départ en vacances. Au fil des jours, elle se rendait compte avec angoisse qu'elle était encore amoureuse de l'homme qui l'avait jadis si ignoblement abandonnée. Elle craignait à chaque instant qu'il vînt à deviner ses sentiments, et devait déployer des trésors de vigilance pour ne rien laisser paraître du trouble qu'éveillait en elle chacun de ses gestes ou de ses regards. Depuis sa tragique aventure, ses sens étaient restés soumis aux exigences de son esprit. Aujourd'hui, il lui semblait que son corps, après des années de frustration, entendait donner libre cours à ses sensations et à ses désirs.

Kenny conduisait depuis des heures et la jeune femme voyait enfin dans la pause du déjeuner l'occasion de quitter son siège et de se dégourdir un peu les jambes. Ils s'arrêtèrent dans un petit village situé légèrement en retrait de la grand-route.

Quand ils pénétrèrent dans l'auberge rustique, une jeune serveuse prit leurs vêtements et leur indiqua une table inoccupée. Audrey se sentait trop fatiguée pour étudier le menu elle-même. Elle passa la carte à Kenny et le chargea de choisir à sa place.

Tout en mangeant sans beaucoup d'appétit, elle se demanda à quoi pouvait bien ressembler la marraine de Kenny. Elle savait seulement qu'elle était veuve et vivait dans le sud de la France. Audrey s'attendait à rencontrer une femme d'un certain âge, aux manières raffinées, et cette vision l'intimidait par avance.

— Prends un dessert ! Tu n'as presque rien mangé. Héloïse va te trouver bien trop maigre...

— Héloïse ?

— Oui, c'est à la fois la cuisinière, la confidente et l'amie de ma marraine. Elle est à son service depuis plus de trente ans.

— J'espère que nous n'allons pas déranger... Nicky surtout risque de mettre un peu de désordre dans une vie que j'imagine parfaitement organisée...

— Ne te fais aucun souci à ce sujet. En revanche, Héloïse risque de m'accuser de te laisser mourir de faim. Et si tu parvenais à oublier un peu tes airs de femme martyrisée, je crois que tout irait pour le mieux...

Audrey acheva son repas en silence. Kenny avait la manie de la réprimander comme une enfant. Son plus grand souci semblait être d'entretenir l'image d'un couple paisible et heureux que, selon lui, elle s'acharnait à détruire.

Ils voyagèrent tout l'après-midi et ne s'accordèrent que de rares moments de détente. Lorsqu'ils arrivèrent en Avignon, où ils avaient projeté de passer la nuit, la jeune femme se sentait bien trop lasse pour apprécier la beauté de l'ancienne capitale papale. Après avoir laissé la voiture dans un parking souterrain du centre ville, ils se dirigèrent vers l'hôtel. Kenny avait pris l'enfant dans ses bras. Il ne semblait guère affecté par la durée du voyage. Sa chemise légère lui collait à la peau, et les manches retroussées laissaient voir ses avant-bras bronzés.

Audrey portait un blue-jean et un fin corsage de coton qui révélait les courbes discrètes de sa poitrine. Sur le trajet, plus d'un passant se retourna sur la silhouette gracieuse de la jeune femme.

A la demande de son épouse, Kenny avait réservé deux chambres communicantes. Chacune comprenait deux lits jumeaux et une salle de bains. Audrey conduisit Nicky dans l'une des deux pièces, puis, se rappelant soudain que sa valise se trouvait dans la chambre de Kenny, elle frappa à sa porte. Comme il ne répondait pas, elle songea qu'il avait dû s'absenter un instant, et s'introduisit dans la pièce.

La valise était posée près d'une armoire. Elle se penchait pour s'en emparer lorsque la porte de la salle de bains s'ouvrit brusquement, cédant le passage au corps nu et humide de Kenny. Les joues en feu, elle lui tourna précipitamment le dos et fit mine d'ouvrir son bagage.

— Tu peux te retourner maintenant, fit Kenny après un temps. Rien dans ma tenue ne choquera ta pudeur…

Pourtant, quand elle lui fit face à nouveau, une simple serviette entourait sa taille. Elle dut résister à la tentation de se réfugier contre ce torse puissant et doré par le soleil. Elle prit une profonde inspiration.

— Je suis venue chercher ma valise…

— Comme c'est dommage ! s'exclama-t-il d'un air narquois. Mais soit ! Pour ce soir, je te laisse agir à ta guise. Simplement, n'oublie pas une chose, Audrey. Quand nous serons chez tante Marianne, nous partagerons la même chambre. Pour elle, nous sommes un jeune couple heureux et...

— C'est impossible !

Les yeux du journaliste se plissèrent.

— Je voudrais bien savoir pourquoi ! A aucun moment je n'ai parlé de notre union comme d'un mariage blanc, il me semble.

La perspective d'une telle intimité terrorisait la jeune femme. Comment pourrait-elle s'empêcher de donner libre cours aux sentiments qu'elle combattait depuis le premier jour ? Il s'approcha lentement et l'attira contre sa poitrine.

— Nous sommes mariés, n'est-ce pas ? poursuivit-il d'une voix plus calme. Je n'ai pas l'intention de vivre le reste de mes jours comme un ermite. Pense un peu à Nicky. Tu ne vas pas le priver du plaisir d'avoir des frères et sœurs !

Audrey sentait ses jambes se dérober sous elle. Cet homme exerçait sur elle un charme indéniable. Il serait si facile de s'abandonner au plaisir qui s'offrait à elle...

Soudain, elle sentit les lèvres de Kenny errer délicatement sur sa gorge et remonter lentement sur sa bouche. Elle ne lui opposa aucune résistance et répondit à la douce chaleur de son baiser.

— Qu'est-ce que tu fais à ma maman ?

Nicky considérait son père d'un regard hostile. Puis, se tournant vers la jeune femme :

— Tu m'as laissé tout seul ! lança-t-il d'un ton accusateur.

— Sauvée in extremis, encore une fois, murmura Kenny à l'oreille de sa compagne. Il va falloir que j'envisage de fermer ma porte à clef... Allez, petit diable, je vais te reconduire dans ta chambre !

Plus ils roulaient vers le sud, plus le paysage devenait aride. Audrey se sentait de plus en plus nerveuse à l'idée de rencontrer la marraine de Kenny. La voiture filait à vive allure sur les routes sinueuses de la Côte d'Azur. Le paysage était parsemé de cyprès, d'oliviers et de pins parasols. L'odeur des résineux et le chant des cigales emplissaient l'atmosphère. Audrey découvrait avec des yeux éblouis d'immenses et luxueuses villas dressées au détour d'un virage ou au sommet d'une colline.

Quand ils arrivèrent à Nice, elle ne put retenir un cri d'admiration à la vue de l'étalage de richesses qu'offrait la promenade des Anglais. Des voitures imposantes stationnaient devant des palaces, et des jeunes femmes aux corps de déesses arboraient sur leurs gorges hâlées des bijoux d'une valeur inestimable.

— Ici, expliqua Kenny, tout ce qui brille est d'or.

A la sortie de la ville, il engagea la voiture sur la Moyenne Corniche, et ils longèrent les blanches falaises des Préalpes. Nicky était fasciné par le bleu de cette mer calme et ensoleillée où de somptueux yachts ancrés non loin du rivage se balançaient mollement.

Peu après, ils débouchaient dans le port de Saint-Jean-Cap-Ferrat. Là encore, la jeune femme fut impressionnée par le luxe insolent qui s'offrait à la vue de tous.

— Ta marraine doit être une femme très fortunée…

— Assez, admit Kenny. Son mari était un homme d'affaires important. Il a trouvé la mort dans un accident de bateau, qui a également coûté la vie à mes parents. Marianne m'a recueilli, et elle s'est occupée de moi. J'avais douze ans à cette époque, et je me rappellerai toujours l'instant où elle m'a annoncé la terrible nouvelle. Quand on partage le souvenir d'une telle tragédie, on reste lié jusqu'à la mort. Marianne a pris la place de mes parents dans mon existence et dans mon cœur. J'ai passé toute mon adolescence à ses côtés. Tu comprendras que je tiens beaucoup à son bonheur. Je ne pourrais supporter de la voir malheureuse par ta faute : ne t'avise donc pas de lui causer le moindre souci. Elle s'imagine que nous formons une famille unie. Inutile de lui ôter cette illusion. C'est la seule chose que je te demande, Audrey.

Ils venaient de tourner dans une allée bordée de palmiers. A la vue de la maison qui se dressait majestueusement à flanc de colline, Audrey eut le souffle coupé. Des plants de vigne vierge grimpaient sur les murs crépis, encadrant des fenêtres largement ouvertes aux senteurs marines.

Une femme élégante, à la taille élancée, apparut sur le seuil et descendit en toute hâte les escaliers qui menaient au jardin. Sa tenue témoignait d'une grande sûreté de goût. Pourtant, elle ne ressemblait en rien à l'image qu'Audrey s'était forgée de la marraine de Kenny. Quand il descendit de voiture, elle se jeta dans ses bras et le couva d'un regard affectueux, avant de se tourner vers la jeune femme.

— Je vous prie de m'excuser, ma chérie ! s'exclama-t-elle à l'adresse d'Audrey. Je suis si heureuse de revoir Kenny que j'en oublie mes devoirs de maîtresse de maison. Bienvenue à la Villa Jardin !

D'un geste de la main, elle désigna les jardins fleuris qui entouraient la belle demeure.

— Mais voilà Nicky ! continua-t-elle en faisant le tour de la voiture.

Le petit garçon la considérait d'un œil circonspect,

se demandant comment cette vieille dame pouvait bien connaître son nom.

— Kenny, il te ressemble tant ! Mais je vous en prie, entrez, nous allons prendre des rafraîchissements. Accepterais-tu une grenadine ? demanda-t-elle à Nicky.

Audrey s'aperçut avec soulagement qu'elle avait l'habitude des enfants.

— Oui, s'il vous plaît, annonça solennellement le petit garçon.

— Héloïse est dans la cuisine, poursuivit Marianne. Elle est en train de mijoter un de tes plats favoris, Kenny. Je vous ai donné la suite Mimosa. Vous vous y sentirez en toute tranquillité. Le salon donne sur un jardinet d'où l'on peut accéder à la plage. Nous avons également une piscine, expliqua-t-elle à l'intention d'Audrey. Et surtout, ne vous inquiétez pas pour Nicky. Héloïse et moi-même serons ravies de nous en occuper. Kenny m'a expliqué que vous aviez besoin de repos. J'espère que votre séjour ici vous permettra de recouvrer la santé.

Elle regarda Kenny sortir les valises du coffre de la voiture et poursuivit :

— Je sais aussi que vous n'avez pas eu le temps de partir en voyage de noces. Profitez de ces vacances pour prendre un peu de détente... Maintenant, je vais emmener Nicky voir Héloïse. Elle adore les enfants.

Audrey suivit son interlocutrice à l'intérieur d'un patio qui ouvrait sur la salle de séjour.

— Vous devez avoir terriblement soif. Je vais demander à Héloïse de nous préparer du thé pendant que Kenny monte les bagages à l'étage.

Nicky faisait tranquillement l'inspection de la pièce. Il tomba en admiration devant des porcelaines et des lampes de Chine que sa mère lui recommanda vivement de ne pas toucher.

Une porte s'ouvrit, cédant le passage à une femme aux cheveux gris, chargée d'un plateau. Agée d'une soixantaine d'années et dotée d'un solide embonpoint, elle respirait la joie de vivre et la bonne humeur. Audrey vit son visage s'illuminer à la vue du petit garçon.

Marianne fit les présentations, et les deux femmes échangèrent une brève poignée de main.

— Et voici Nicky! annonça la maîtresse de maison dans un large sourire.

Ce dernier n'hésita pas une seconde à suivre Héloïse dans la cuisine, ce qui laissa Audrey muette d'étonnement.

— Elle a un succès fou auprès des enfants, expliqua Marianne quand ils eurent quitté la pièce. Audrey, je n'arrive pas trouver les mots pour exprimer mon bonheur. Votre mariage a été une nouvelle merveilleuse.

Elle s'interrompit un instant pour servir une tasse de thé à la jeune femme.

— Mais Kenny a raison... commença-t-elle.

— N'ai-je pas toujours raison? interrogea le journaliste depuis le patio.

Il avait passé une chemise propre et un pantalon de toile blanche.

— Mais de quoi parlais-tu? continua-t-il en entrant dans la salle de séjour.

— D'Audrey, fit Marianne d'un air navré. Elle a vraiment besoin de repos. Je lui ai déjà dit qu'elle n'avait pas à se soucier de Nicky. Et surtout, n'hésitez pas à sortir tous les deux. Je me ferai une joie de le garder avec moi.

Puis, se tournant vers Audrey :

— Mais faites attention au soleil, ma chérie. Vous

semblez avoir une peau bien fragile Je vous donnerai une crème solaire très efficace... Je vais à Nice demain, j'aimerais vous acheter votre cadeau de mariage et...

— Ne t'inquiète pas pour cela, coupa Kenny avec douceur. Nous n'avons besoin de rien. En revanche, je serais ravi que tu inities mon épouse à la mode française. Montre-lui un peu le genre de maillots de bain que l'on porte ici. Elle a un corps de déesse, et je ne veux pas le voir enlaidi par de vulgaires morceaux de tissus...

Le visage de Marianne s'illumina.

— Un après-midi de shopping ? C'est une excellente idée ! Il est un peu tard pour vous procurer un trousseau complet, mais nous trouverons bien quelque chose...

— Vraiment, c'est inutile... commença Audrey.

Mais la lueur de déception qu'elle lut dans le visage de la vieille dame l'empêcha de poursuivre. Elle jeta un coup d'œil à Kenny et décela dans son regard une légère réprobation.

— Vous vous donnez beaucoup trop de peine pour moi... ajouta-t-elle d'une voix mal assurée. Mais je serai ravie de vous accompagner.

Marianne suggéra alors à son filleul de conduire Audrey aux appartements qu'elle leur avait attribués.

— Nicky restera avec Héloïse, ne vous inquiétez pas. Et si vous avez besoin de vous reposer un instant, n'hésitez surtout pas.

Audrey fut littéralement ébouie par le luxe de la suite. Elle se composait de deux vastes chambres au somptueux mobilier. Les murs étaient garnis d'estampes originales et de gravures anciennes. De magnifiques bouquets, savamment composés, complétaient la décoration des pièces. Comme

Marianne l'avait expliqué, il y avait aussi un salon d'où l'on pouvait apercevoir toute la ville de Nice, et qui offrait une vue imprenable sur la mer.

— Il faudra que je demande à Marianne si le grillage qui entoure la propriété est bien clos. Les escaliers qui mènent à la plage sont beaucoup trop abrupts pour un enfant. Et les rochers sont pointus. Sait-il nager ?

Audrey secoua la tête en signe de dénégation. Elle avait emmené son fils à la piscine une ou deux fois l'année précédente, mais elle n'avait jamais eu le temps de le faire régulièrement.

— Eh bien voilà une occupation toute trouvée ! Tous les enfants devraient apprendre à nager avant de savoir ce qu'est la peur.

La jeune femme commença à défaire ses bagages. Tout en rangeant les piles de vêtements dans une vaste armoire, elle observait d'un œil émerveillé la décoration de la chambre. Les motifs des rideaux s'inspiraient de tapisseries anciennes. Ils s'harmonisaient à la perfection avec le reste du mobilier.

Elle marqua une pause et jeta un regard anxieux sur le grand lit qui trônait à l'autre extrémité de la pièce. Ce soir, elle devrait le partager avec Kenny…

— Pourquoi ne pas t'allonger un instant avant le dîner ? suggéra ce dernier en faisant irruption dans la pièce. Je voudrais échanger quelques mots avec Marianne.

Manifestement, la jeune femme n'était pas conviée à cette conversation. Elle passa rapidement sous la douche, puis s'étendit, non sans avoir précautionneusement poussé le verrou de la porte.

Elle avait seulement l'intention de se délasser quelques instants. Mais ses paupières étaient si lourdes qu'elle ne put les maintenir ouvertes. Elle recouvrit vaguement son corps nu de son peignoir.

Un courant d'air frais la réveilla en sursaut, mais il lui fallut plusieurs secondes avant de reprendre conscience de l'endroit où elle se trouvait. Elle jeta un coup d'œil affolé à sa montre. Comment avait-elle pu dormir aussi longtemps ? Kenny était-il monté la voir ? Avait-il trouvé la porte close ? Et Nicky ? Qu'allait-on penser de sa conduite ? Elle se leva et son cœur s'arrêa de battre quand elle vit une longue silhouette se détacher sur les rideaux entrouverts.

— Enfin, tu es réveillée ! s'exclama Kenny en s'approchant de sa couche.

Elle se pencha pour s'emparer de son peignoir, mais il jeta prestement le vêtement hors de sa portée.

— Tu es beaucoup mieux ainsi, fit-il d'une voix moqueuse. J'ai cru que les dieux étaient en ma faveur aujourd'hui. Quand je suis entré, tu étais allongée sur ce lit, comme offerte en sacrifice...

— Mais j'avais fermé la porte, balbutia-t-elle.

— Tu as oublié le patio, ma chérie ! Sais-tu que tu es très désirable ?

Elle recula d'un pas, comme pour fuir son regard. Mais il la rattrapa aussitôt et lui emprisonna la taille entre ses mains robustes.

— J'ai dit à Marianne que tu ne descendrais pas pour le dîner... Mais n'aie pas l'air aussi effarouchée, si timide ! Tu ne te conduisais pas de la sorte autrefois. Te souviens-tu des mots passionnés que tu as prononcés au cours de notre première nuit ?

Elle essaya vainement de le repousser.

— Non ! Je ne me souviens de rien...

— En es-tu certaine ? Alors je vais me faire un devoir de te remettre toutes ces choses en mémoire... Nous partagions tous deux le même lit. Et tu t'offrais à mes caresses avec passion...

— Non ! coupa Audrey. Je n'ai jamais agi ainsi !

— Oh si ! Je crois même me souvenir de l'instant où tu m'as aidé à retirer ma chemise. Comme cela, ajouta-t-il d'une voix rauque en glissant la main de la jeune femme sous l'étoffe légère de son vêtement.

Audrey était tiraillée entre le désir de fuir loin de son bourreau et l'attirance profonde qu'en dépit de tout, il exerçait sur elle.

— Toujours timide ? interrogea-t-il en la conduisant sur le lit.

Avant qu'elle ait eu le temps de protester, il déposait un baiser brûlant sur ses lèvres frémissantes. Audrey se sentait incapable de résister aux ondes de volupté qui parcouraient chacun de ses membres.

— Je crois enfin reconnaître la femme que tu avais emprisonnée au fond de toi depuis si longtemps.

Elle savait qu'elle aurait dû se dérober aux caresses de son compagnon. Mais le bouillonnement de ses sens annihilait toute volonté de résistance. Quand il s'empara à nouveau de ses lèvres, elle répondit à ses baisers avec ferveur, prête à le supplier pour qu'il assouvît enfin le désir impérieux qui la consumait.

Elle s'endormit paisiblement au creux de son épaule, le corps engourdi par une douce fatigue, un sourire de bonheur au coin des lèvres. Quand elle se réveilla, elle s'aperçut avec étonnement qu'elle était seule dans le grand lit. Comme le souvenir de leurs étreintes lui revenait en mémoire, elle fut saisie d'un mouvement de panique. L'absence de Kenny lui rappela d'atroces souvenirs et des images enfouies dans les profondeurs du passé affluèrent à son esprit.

En entrant dans la pièce, Kenny la trouva assise

sur le lit, les yeux perdus dans le vague, ressassant de pénibles pensées.

Il s'approcha et voulut la prendre dans ses bras, mais elle le rejeta avec une violence incontrôlée.

— Audrey ! Tu croyais que j'étais parti ?

Elle le considérait d'un regard farouche.

— Ne pourrais-tu me laisser en paix ?

Une vague de colère secoua le corps du journaliste.

— Tu ne disais pas cela il y a quelques instants !

Audrey savait qu'elle ne pourrait dissimuler très longtemps ses sentiments à l'égard de Kenny. Comme il se moquerait d'elle, le jour où il comprendrait qu'elle l'aimait encore éperdument !

— Je me suis donnée à toi pour le bien de Nicky ! lança-t-elle sous l'effet d'une impulsion subite. Je ne veux pas qu'il reste fils unique.

L'espace d'un instant, elle crut qu'il allait la gifler.

— Tu veux dire que... Bien sûr, tout cela était destiné à Nicky. Tu t'es sacrifiée pour ton enfant. Pour lui, tu t'es offerte à mes viles caresses... Seigneur, je ne sais pas si je dois en rire ou en pleurer !

— Tu as dit toi-même qu'il avait besoin d'une famille, bredouilla-t-elle d'une voix à peine audible. J'ai fais ce que tu désirais.

— Ce que je désirais ? répéta-t-il, incrédule. Sais-tu seulement ce que sont mes désirs ? Tu n'es pas capable de sentiments humains !

Il se détourna brusquement avant de poursuivre :

— Tu ne vis que pour ton fils. Mais songe qu'un jour il sera assez grand pour se passer de toi. Que deviendras-tu alors ? Je sais qu'au fond de toi vit une vraie femme. Et je n'aurai pas de repos tant que je ne serai pas parvenu à la libérer...

— Pourquoi ?

Il la toisa d'un regard sombre.

— Peut-être parce que je viens d'essuyer la pire insulte qu'une femme ait jamais osé adresser à un homme. Je n'oublierai cet affront que lorsque tu seras redevenue entre mes bras celle que tu étais autrefois... Mais ne t'inquiète pas pour ce soir. J'ai entendu plus de choses que je ne pourrais en supporter. Je vais aller dormir dans la chambre de Nicky. Je ne souffrirai pas ta présence une minute de plus !

Sur ces mots, il quitta la pièce. « Qu'ai-je donc fait ? » se demandait Audrey en voyant la porte de communication se refermer brutalement. Désormais, sa vie ne serait qu'un éternel cauchemar. Il la persécuterait jusqu'à assouvir son désir de vengeance...

Le corps tendu, elle se glissa à nouveau dans les couvertures. Pourquoi ne pas fuir la tyrannie de cet homme ? Elle envisagea de prendre Nicky et de partir sur-le-champ. Mais elle était sans argent, et Kenny avait eu soin de conserver ses papiers dans son porte-documents. Si elle parvenait à survivre à ce séjour en France, elle demanderait le divorce dès son retour en Angleterre.

Quand elle réussit enfin à s'assoupir, un horrible cauchemar vint torturer son cerveau enfiévré. Elle se trouvait devant un tribunal, et le juge ordonnait calmement que Nicky soit coupé en deux pour être équitablement réparti entre ses parents.

Ce rêve atroce la réveilla en sursaut, et, pendant des heures, elle se tourna et se retourna dans son lit sans parvenir à trouver le sommeil. Après une attente interminable, ce fut avec un réel soulagement qu'elle vit poindre l'aube à travers les rideaux entrouverts.

8

Les vitrines des magasins niçois arrachèrent des cris d'admiration à la jeune femme. Marianne avait prié son chauffeur, un homme maigre et peu bavard qui faisait également office de jardinier, de les conduire dans la capitale des Alpes-Maritimes.

Audrey avait cru bon de s'excuser pour les problèmes que Nicky pouvait créer dans la vie organisée des deux femmes. Marianne avait accueilli ses excuses avec un sourire charmeur.

— Ne vous faites aucun souci à ce sujet, Nicky a fait la conquête d'Héloïse. C'est un enfant adorable... Oh regardez ! Ce deux-pièces est ravissant ! s'exclama-t-elle en indiquant un maillot de bain vert émeraude, guère plus grand qu'un mouchoir de poche.

— C'est indécent ! avoua sincèrement Audrey. Et le prix l'est aussi...

Marianne éclata d'un rire joyeux.

— Il vous ira à merveille. Entrons, je tiens absolument à ce que vous le passiez.

Voyant qu'il était inutile de protester, la jeune femme pénétra dans la boutique sans mot dire. La marraine de Kenny avait manifestement décidé de n'en faire qu'à sa tête. Malgré les objections scandalisées d'Audrey, le maillot fut acheté ainsi qu'un ravissant tricot à rayures blanches et vertes.

— Avez-vous apporté une tenue de soirée ? s'enquit Marianne quelques minutes plus tard. Kenny vous emmènera sans doute au Casino de Monaco. Vous ne pourrez y entrer sans être vêtue avec élégance.

Audrey n'avait empilé dans sa valise qu'une paire de jeans et quelques corsages. Pourtant, elle n'avait aucunement l'intention de laisser la vieille dame dépenser plus d'argent. Quand elle lui fit part de son sentiment, Marianne eut un froncement de sourcils.

— Ma chère Audrey, j'aimerais beaucoup vous offrir ces vêtements. Mais sachez que Kenny tient absolument à régler tous ces achats... Je suis si contente pour lui ! Pendant longtemps, j'ai pensé ne plus jamais le revoir sourire. Vous le rendez très heureux, vous savez. Dépensez son argent sans compter, il vous en saura gré.

Sur ces mots, elle entraîna la jeune femme dans une boutique luxueuse, garnie d'une épaisse moquette parsemée de plantes vertes, où régnait une atmosphère feutrée.

Une vendeuse vint immédiatement à leur rencontre. Marianne lui expliqua dans un français irréprochable ce qu'elle désirait, et la jeune employée considéra Audrey avec attention.

— Eh bien, madame, commença-t-elle d'une voix légèrement affectée, souhaitez-vous évoquer une femme du monde, une vedette de cinéma ou une jeune fille de bonne famille ? Avec vos yeux et vos cheveux, tout est possible.

— Ce qu'elle veut, coupa Marianne, c'est une robe très romantique, pour un mari dont elle a été séparée pendant plus de trois ans.

— Ma foi, vous demandez l'impossible ! rétorqua

la vendeuse d'un air navré. Vous voulez les trois à la fois !

Le visage de Marianne s'éclaira d'un large sourire.

— Je vous fais confiance. Je suis certaine que vous trouverez une tenue assez élégante pour satisfaire nos exigences...

— Patientez un moment, je vous prie. Je vais vous montrer quelques modèles. J'espère que l'un d'eux vous conviendra...

Elle s'éloigna d'une démarche nonchalante, et ne rejoignit les deux clientes qu'un bon quart d'heure plus tard. Les yeux d'Audrey s'agrandirent à la vue de la robe que la vendeuse portait délicatement entre ses bras. La fine étoffe de taffetas noir retombait en vague ondoyantes sur des jupons de dentelle. Le corsage était creusé d'un profond décolleté.

— Essayez-la ! ordonna la marraine de Kenny.

Audrey s'exécuta sans souffler mot. L'étoffe moulait agréablement sa peau, dessinant fidèlement la courbe de ses seins et la minceur de sa taille. Le noir satiné contrastait singulièrement avec la pâleur de son teint.

Quand elle sortit d'un pas hésitant de la cabine d'essayage, Marianne ne dissimula pas son émerveillement.

— Ma chérie, vous êtes ravissante !

— Si je puis vous permettre de suggérer à Madame un peigne incrusté de diamants pour retenir les cheveux en arrière, intervint la vendeuse. Ou bien des fleurs de satin... ?

Sans se soucier du prix de cette somptueuse toilette, Marianne la fit emballer, salua la jeune employée et entraîna sa compagne au-dehors.

— Cette robe vous sied à merveille et je suis certaine que Kenny en appréciera la qualité. Vous

116

ne craignez pas, j'espère, qu'il ne vous reproche son prix…

Audrey n'appréhendait pas la colère de son époux. Mais qu'allait-il penser d'une parure aussi provocante ?

— Je ne la mettrai pas avant notre sortie au casino, glissa-t-elle d'un ton faussement désinvolte, craignant qu'il ne lui vienne à l'idée d'organiser à leur retour un défilé de mode à l'intention de Kenny.

Elle crut déceler une lueur de déception dans le regard de Marianne et se sentit envahie d'un léger sentiment de culpabilité.

— Je… je préfère lui réserver la surprise, bredouilla-t-elle en guise d'explication.

Déjà la vieille dame l'entraînait vers une nouvelle vitrine, désignant du doigt un petit ensemble de sport qu'elle voulait offrir à Nicky.

— Vous ne pouvez pas savoir le bonheur que me procure la présence de votre fils ! confia-t-elle à Audrey sur le chemin de retour. Kenny est un peu le fils que je n'ai jamais eu et Nicky… eh bien, c'est son enfant. Et la vue de ce petit garçon m'a remis tant de choses merveilleuses en mémoire…

— De mauvais souvenirs aussi, ajouta Audrey d'une voix douce, en se rappelant le récit de Kenny sur l'accident qui avait coûté la vie à ses parents et au mari de Marianne. Peut-être allez-vous me trouver indiscrète, mais… n'avez-vous jamais songé à vous remarier ? Vous deviez être jeune encore lorsque…

Elle se mordit les lèvres, craignant d'avoir touché chez son interlocutrice une corde encore trop sensible. Comme si elle pouvait lire dans ses pensées, Marianne lui prit la main et lui sourit avec chaleur.

— Ce n'est rien, Audrey. Tout cela est arrivé il y a si longtemps… J'avais trente-deux ans quand Gérard s'est noyé. Nous étions mariés depuis huit ans. Nous n'avions pas l'enfant dont nous rêvions depuis notre mariage, mais nous partagions un bonheur sans limites. Vous savez, quand on a connu l'amour, le véritable amour, on n'a pas envie de le remplacer. Le souvenir de ces années de bonheur m'a aidé à supporter mon veuvage. J'ai de nombreux amis, Kenny, Héloïse, et maintenant vous et Nicky. Cela suffit à faire de moi la plus heureuse des femmes.

La première chose qu'Audrey remarqua à sa descente de voiture fut le long corps musclé de Kenny étendu au bord de la piscine. Son attention fut ensuite attirée par la présence d'une jeune femme brune à ses côtés. Un pincement de jalousie lui serra le cœur quand elle vit l'inconnue se pencher sur le dos de son mari pour y étaler soigneusement une crème solaire.

— Louise, je te croyais à Paris! s'exclama Marianne visiblement contrariée par cette visite imprévue.

La jeune femme haussa les épaules.

— Eh bien, vous voyez tante Marianne, je suis ici maintenant. Je m'ennuyais à mourir là-bas...

Kenny se redressa, une main sur le front pour se protéger du soleil.

— Louise, dit-il de sa voix traînante, je vous présente Audrey, ma femme.

Les deux femmes échangèrent un salut peu cordial. Dès le premier regard, Audrey avait pressenti qu'elle ne sympathiserait jamais avec cette jeune pimpêche qui ne lui rappelait que trop certains traits de caractère de Susan Meyer.

— J'espère que tu as suivi mes instructions, fit Kenny à l'adresse d'Audrey.

— De quoi s'agit-il? minauda Louise. Quelles instructions avez-vous données à votre épouse?

118

— Je lui ai demandé d'acheter un maillot de bain fantaisie. Les Anglaises sont si prudes…

Audrey sentit le rouge lui monter aux joues.

— Si j'avais épousé un homme comme vous, continua Louise, je ne me donnerais même pas la peine de mettre un maillot de bain !

Audrey étouffa un cri d'indignation. Comment cette fille osait-elle se montrer si ouvertement provocante ? Et pourquoi Kenny se prêtait-il à ce jeu stupide ?

— Voyez-vous, Louise, je préfère jouir seul de la beauté de mon épouse. C'est un peu égoïste, je l'avoue.

Louise n'attendit pas longtemps pour annoncer son intention de séjourner à la villa pour une durée indéterminée. Pendant le déjeuner, Marianne fit part à Audrey de son mécontentement :

— Je trouve cela tout à fait inconvenant. Nous imposer sa présence en ce moment !

Louise avait persuadé Kenny de la conduire à Nice pour faire quelques emplettes.

— Vous me prêtez votre mari, n'est-ce pas ? avait-elle demandé à Audrey. Kenny et moi sommes des amis si… proches. On m'a dit que vous consacriez beaucoup de temps à votre petit garçon. Personnellement, je trouve les enfants terriblement ennuyeux !

« Des amis intimes » ! Il ne faisait aucun doute que cette femme avait été ou était encore la maîtresse de Kenny…

Le repas achevé, Nicky accepta sans rechigner d'aller faire sa sieste. La chaleur accablante de ce début d'après-midi l'avait littéralement épuisé. Une fois l'enfant couché, Audrey partit à la recherche de Marianne.

— Elle est montée se reposer dans sa chambre,

lui apprit Héloïse. Elle s'allonge toujours un moment après le déjeuner... Vous voilà toute seule par la faute de cette maudite Louise !

— Cela m'est égal, assura Audrey sans beaucoup de conviction. Je vais m'étendre au soleil. Le bronzage de Louise m'a fait envie.

— Vous avez la peau bien fragile. Prenez garde aux coups de soleil !

La jeune femme s'assoupissait paresseusement lorsqu'une légère tape sur l'épaule la fit sursauter. Les yeux embrumés de sommeil, elle considéra Kenny avec étonnement.

— Où est Louise ? interrogea-t-elle.

— Je l'ai laissée à ses achats, répondit le journaliste d'un ton nonchalant. J'en avais assez de la suivre dans les rues de Nice. Elle n'aura qu'à appeler le chauffeur pour rentrer. Quel plaisir de retrouver sa ravissante épouse...

— Arrête cette comédie ! Nous sommes seuls. Il est parfaitement inutile de jouer au mari dévoué...

Un cri étranglé l'interrompit.

— Où as-tu trouvé cette antiquité ? s'exclama-t-il soudain en indiquant le costume de bain que portait la jeune femme. Je t'avais pourtant demandé d'acheter une tenue plus seyante...

— Je n'ai nulle envie de me donner en spectacle, figure-toi. Je ne suis pas comme cette Louise qui...

— C'est ce que nous allons voir !

Avant qu'elle ait pû deviner ses intentions, il la soulevait dans ses bras et la portait dans sa chambre. Sans la quitter du regard, il se mit à fouiller fébrilement parmi les nombreux paquets étalés sur le lit.

— Nous devrions trouver ce qu'il nous faut ici. Je fais confiance à Marianne...

La vue du bikini vert émeraude lui arracha un

120

sifflement d'admiration qui mit la jeune femme au comble de la fureur.

— Qu'essaies-tu de faire ? As-tu l'intention de me mettre à prix ?

— Non, ma très chère femme. Je cherche simplement à te rendre belle et attirante.

Sur ces mots, il lui mit le maillot entre les mains et désigna la porte de la salle de bains.

— Tu as cinq minutes pour l'enfiler. Si tu ne le fais pas, je m'en chargerai moi-même...

Prise au piège, Audrey s'exécuta à regret. Mais elle n'osait affronter son mari dans cette tenue. L'impatience de ce dernier ne lui laissa pourtant pas d'autre choix. Il fit une brusque irruption dans la pièce, s'arrêtant net sur le seuil.

— Adorable ! s'exclama-t-il, le souffle coupé par le charmant spectacle qui s'offrait à sa vue. Sais-tu que tu es très désirable ?

Incapable de soutenir son regard admiratif, elle sortit en toute hâte de la salle de bains et retourna s'allonger au soleil. Kenny l'imita aussitôt.

— Veux-tu me mettre du produit solaire sur le dos ? demanda-t-il quand il fut installé à ses côtés.

— Si tu y tiens vraiment ! Mais je crains de ne pas égaler l'habileté de Louise...

— Jalouse ?

— Certainement pas ! mentit-elle en versant un peu de crème dans le creux de sa main.

Après qu'elle eut étalé le produit sur son dos, il lui tendit ses jambes. Elle se soumit une fois de plus à sa volonté. Il ne faisait aucun doute qu'il essayait de lui faire prendre conscience de son corps. Cette seule pensée la révoltait.

— Tu pourras continuer tout seul, dit-elle en replaçant le bouchon sur le flacon d'huile solaire.

— Je te remercie, ma chérie. Tu as la main un peu

lourde, mais j'avoue que ce massage était des plus agréable. A ton tour maintenant...

Elle savait que ses protestations seraient vaines. Aussi s'efforça-t-elle de rester insensible aux douces caresses de Kenny qui s'attardait à dessein.

— Non, murmura-t-il d'une voix enrouée, en voilà assez pour cette fois. La suite est un plaisir que je me réserve pour plus tard.

— Il n'y aura pas de plus tard ! Et cesse de m'importuner !

— Tu me considères donc comme un importun... Audrey, sache que...

— Une querelle d'amoureux !

Ni l'un ni l'autre n'avait entendu Louise approcher. Elle couvrit Kenny d'un regard provocateur.

— Il faut que vous m'emmeniez au Casino ce soir, je sens la chance aujourd'hui...

— Entendu ! Nous irons. Et Marianne viendra avec nous.

— Elle se moque bien des casinos ! protesta Louise.

— Je crois que vous irez sans moi, intervint Audrey. Je dois m'occuper de Nicky....

— Il est très heureux avec Heloïse, coupa Kenny d'un ton sans réplique.

— Vraiment, Kenny chéri, je ne comprends pas ces Anglaises ! s'exclama Louise d'une voix mielleuse. Jamais je ne négligerais mon mari pour m'occuper d'un petit garçon...

— Même s'il s'agissait du fils de votre mari ? interrogea Audrey sans chercher à dissimuler son mépris. Je vous prie de m'excuser, il doit être sur le point de se réveiller. Je préfère ne pas le laisser seul dans sa chambre.

Le visage de Kenny se rembrunit. Sans y prêter

attention, elle se redressa et regagna la villa d'un pas décidé.

Audrey s'apprêta pour la soirée sans beaucoup d'enthousiasme. Elle terminait d'agrafer sa jupe de taffetas quand la porte de la chambre s'entrouvit.

— C'est Marianne qui a choisi cette robe, j'en suis certain! s'exclama Kenny en franchissant le seuil de la porte.

— Tu ne l'aimes pas?

Il haussa les sourcils en signe d'étonnement.

— Je ne serais pas un homme digne de ce nom si cette toilette me laissait indifférent!

Désireuse de changer le fil de la conversation, la jeune femme se dirigea vers la chambre de son fils.

— Nicky attend son histoire, dit-elle nerveusement en sentant sur elle le poids de son regard admiratif.

— Il en a de la chance, le petit Nicky! Je vais me changer pendant ce temps. Nous descendrons ensemble à la salle à manger.

Nicky regarda entrer sa mère avec des yeux éblouis. Un jour, il cesserait d'être ce petit garçon adorable, pour devenir un homme, comme son père...

Ses paupières venaient de se fermer quand Kenny entra dans la pièce. Son smoking ajusté à la perfection allongeait sa silhouette féline. Il embrassa son fils et conduisit Audrey au rez-de-chaussée.

A leur entrée dans le salon, un éclair de jalousie traversa le regard de Louise. Sa bouche, outrageusement maquillée, se plissa en une moue inquiète qui altéra, l'espace d'un instant, le charme indéniable de son visage.

Au moment du départ, Marianne insista pour que

Louise montât dans sa voiture, afin de laisser au jeune couple un moment d'intimité.

Les deux véhicules quittèrent lentement la villa, laissant derrière eux les reflets scintillants de la ville de Nice. Quand ils atteignirent le port de Monaco, Kenny gara sa voiture entre une Bentley rutilante et une Rolls Royce qui n'avait certes rien à lui envier.

Il prit le bras d'Audrey et la conduisit au Casino. La jeune femme fut impressionnée par la splendeur du bâtiment. Dans la salle de jeu, ils aperçurent Marianne en grande conversation avec un couple d'un certain âge. Louise vint à leur rencontre d'une démarche ondoyante. A en juger par son attitude pleine d'assurance et l'expression enjouée de son visage, elle avait recouvré une totale maîtrise d'elle-même.

— M'inviterez-vous à danser ? demanda-t-elle sans plus attendre à Kenny. Nous dansions si bien tous les deux...

— Je suis un homme marié maintenant, coupa-t-il d'une voix empreinte d'ironie. Les liens conjugaux me désignent ma seule cavalière...

Il procura à son épouse une pile de jetons et réclama son attention pour l'accabler de conseils. Mais, en peu de temps, tout son argent avait disparu.

— Vous misez n'importe comment ! constata Louise avec dédain. Il valait mieux tout placer sur un seul numéro...

— Audrey est bien trop prudente pour jouer au tout ou rien. Mais je lui apprendrai...

Etouffant un bâillement d'ennui, la jeune Française fit comprendre qu'elle se désintéressait totalement de cette question et exprima le désir de prendre un verre. Aussitôt, Kenny s'éloigna à la recherche d'un garçon. Quand elle le perdit des yeux, Audrey fut saisie d'un terrible sentiment de panique. La foule était si dense qu'elle ne parvenait à le distinguer. Soudain, à proximité du bar, elle l'aperçut. Il tenait Louise entre ses bras.

Quand elle la vit approcher, le sourire de cette dernière se figea .

— J'allais tomber et Kenny est venu à mon secours. Je dois avouer qu'il fait preuve de beaucoup de galanterie, ajouta-t-elle en appliquant un baiser langoureux sur les lèvres du jeune homme.

Audrey ne pouvait en supporter davantage.

— Il fait trop chaud ici, balbutia-t-elle. Je vais prendre l'air. Tu me rejoindras près de la voiture quand tu auras décidé de partir, Kenny.

Sans attendre sa réponse, elle affronta courageusement la foule et se précipita au-dehors. Kenny pouvait bien faire de Louise tout ce qui lui plairait. Que lui importaient les penchants de son mari pour cette femme impudique !

Elle refoula les larmes amères qui perlaient aux coins de ses paupières, et marcha en direction du port. Elle venait juste de traverser la place centrale lorsqu'elle sentit la main de Kenny se refermer sur son avant-bras.

— Mais où as-tu la tête ? demanda-t-il avec fureur. Tu n'as pris aucune précaution en traversant la rue...

— Peut-être suis-je lasse de regarder ! répliqua-t-elle. Et surtout de te voir toi avec cette maudite Louise. Pourquoi ne restes-tu pas auprès d'elle ? Je suis certaine qu'elle t'apporterait beaucoup plus de satisfactions que moi...

— Elle n'a jamais mis mon enfant au monde...

— Tu as raison. Et Nicky est la seule raison de notre union. Alors cesse de me torturer avec ces relations physiques que tu peux fort bien satisfaire auprès d'une autre. Je suis sûre que Louise ne demandera pas mieux que de...

— En effet, elle ne me refuserait certainement pas ses faveurs. Seulement, mets-toi en tête une bonne fois pour toutes que je me suis fixé un objectif et que je l'atteindrai quoi qu'il m'en coûte. C'est toi que je veux.

Ils avaient atteint la voiture. Kenny ouvrit la portière du passager et Audrey glissa sur le siège, essayant d'afficher un masque de complète indifférence.

Kenny tourna la clef de contact et engagea le véhicule sur la route étroite et sinueuse qui longeait le bord de mer. Soudain, il quitta la chaussée et stoppa sur le bas côté.

— Que fais-tu? interrogea Audrey en le voyant couper le moteur.

— J'essaie simplement de mettre ma théorie en pratique.

Sans plus d'explications, il l'attira à lui et s'empara de ses lèvres avec passion. A la pensée que, quelques minutes auparavant, il avait tenu Louise entre ses bras, Audrey ne put supporter le contact de sa bouche. Elle le repoussa avec brutalité.

A sa grande surprise, il ne fit rien pour lui résister. Il remit le moteur en marche et reprit tranquillement le chemin de Saint-Jean-Cap-Ferrat.

Quand elle songea qu'elle allait se retrouver en tête à tête avec lui à la villa, elle regretta de ne pas avoir attendu le retour de Marianne et de Louise. Elle aurait voulu repousser hors de toute atteinte l'instant inévitable où il viendrait s'allonger à ses côtés, dans l'intimité de leur chambre.

126

9

Quand ils arrivèrent à la villa, la sonnerie aiguë du téléphone retentissait dans le salon. Kenny décrocha, et, d'après la brève conversation qui venait de s'engager, Audrey déduisit que Louise était au bout du fil. Le journaliste ne tarda pas à confirmer ses présomptions.

— Louise me supplie de venir la chercher, expliqua-t-il en reposant l'appareil. Je n'en aurai pas pour très longtemps.

Audrey haussa les épaules avec une feinte désinvolture.

— Tu peux bien passer la nuit dehors. Cela m'est complètement égal !

Elle monta dans sa chambre et perçut le bruit d'un moteur qui se dissipait dans le lointain. Un léger soupir souleva sa poitrine. Pourquoi refuser le bonheur qui s'offrait à elle ? Pourrait-elle un jour se résoudre à oublier le passé pour donner enfin libre cours à ses sentiments ?

L'esprit agité par ces pensées, elle se tourna et se retourna dans son lit, sans parvenir à trouver un sommeil qui s'obstinait à la fuir.

Quand elle entendit Kenny refermer la porte d'entrée, il était déjà très tard. Elle se blottit dans un coin du lit, remonta les couvertures et feignit de dormir profondément. Attentive au moindre de ses mouvements, elle appréhendait le moment où il s'allongerait à ses côtés.

Quand il lui effleura tendrement le dos, elle ne put réprimer un sursaut.

— Bonne nuit, Audrey... Fais de beaux rêves.

Il n'avait pas été dupe de son manège. Depuis son entrée dans la chambre, il savait pertinemment qu'elle ne dormait pas. La jeune femme serra les poings. Pourquoi était-il revenu ? Dans des circonstances aussi favorables, Louise n'avait certes pas renoncé à ses manœuvres de séduction. Voulait-il préserver les apparences vis-à-vis de Marianne ?

— Maman ! Maman ! entendit-elle, encore plongée dans les brumes du sommeil.

Elle ouvrit péniblement les paupières et découvrit Nicky assis sur le bord de son lit. Il la considérait d'un regard lourd de reproches.

— Enfin, tu es réveillée ! Mon papa va m'apprendre à nager. Il faut que tu me donnes mon petit déjeuner tout de suite...

Pour toute réponse, la jeune femme referma les yeux, fermement résolue à ne pas quitter sa chambre.

— Elle ne veut pas se lever ! soupira Nicky.

Alors, elle entendit le rire joyeux de Kenny qui, après avoir compté jusqu'à trois, souleva toutes les couvertures.

— Debout, paresseuse ! Nicky et moi sommes levés depuis longtemps !

L'enfant approuva d'un signe de tête.

— Papa a dû m'habiller, lança-t-il d'un ton accusateur.

Audrey jeta un coup d'œil furtif à sa montre. Sept heures et demie !

— Pauvre Papa ! soupira-t-elle.

Kenny se pencha sur le lit et lui murmura à l'oreille :

— Il peut t'habiller toi aussi si tu le lui demandes gentiment.

Elle se glissa vivement hors du lit, passa en toute hâte dans la salle de bains et ressortit vêtue d'un short et d'un corsage. Comme elle enfilait ses chaussures, elle entendit la voix de son fils lui lancer d'un ton suppliant :

— Dépêche-toi, Maman. On a une surprise pour toi !

Sur ces mots, il quitta la chambre et son père lui emboîta le pas d'une démarche comique.

Quand la jeune femme les rejoignit dans le patio, elle constata à sa grande stupéfaction qu'à l'exception de Louise, toute la maisonnée l'attendait. Le visage de Nicky était rouge d'excitation.

— Je peux lui dire maintenant ? demanda le petit garçon à son père.

Kenny hocha silencieusement la tête.

— Bon anniversaire, Maman. Viens voir ce que je t'ai acheté !

Son anniversaire ! Désemparée, la jeune femme se rendit compte que cette date lui était complètement sortie de l'esprit. Nicky, incapable de tenir en place, lui indiqua la pile de cadeaux disposés à côté de son assiette.

Elle ne savait que dire. Il y avait si longtemps que l'on n'avait pas songé à fêter le jour de sa naissance... Elle réprima les larmes qui perlaient aux coins de ses yeux. Kenny s'approcha lentement, et, quand il lui prit tendrement la main, elle n'essaya pas de lui résister. Marianne les considérait d'un œil ému.

— Ouvre le mien d'abord ! implora Nicky. C'est celui-là !

La jeune femme s'empressa de défaire le paquet que lui indiquait le petit garçon. Elle découvrit avec ravissement un foulard de soie blanche, imprimé de gigantesques fleurs bleu turquoise.

— Je l'ai acheté avec mon papa, fit Nicky d'un air important. Tu l'aimes ?

— Il est superbe ! assura Audrey en déposant un baiser sur son front.

Elle trouva les cartes de vœux d'Héloïse et de François, ainsi qu'une gigantesque bouteille de parfum choisie par Marianne.

— Vous n'auriez pas dû, protesta-t-elle en embrassant affectueusement la vieille dame. Je vous remercie beaucoup...

Manifestement, Kenny avait omis de lui acheter un cadeau. Pour dissimuler sa déception, elle fit mine de s'inquiéter de l'absence de la jeune Française.

— A propos, où est Louise ?

— Elle est encore couchée, répondit Marianne.

Mais le désappointement d'Audrey ne lui avait pas échappé. Elle se tourna vers Kenny.

— Tu n'as donc rien acheté à ta femme ? interrogea-t-elle.

Audrey aurait aimé être assez petite pour se dissimuler dans un trou de souris.

— Si, bien sûr, assura-t-il d'un ton malicieux. Mais pour lui épargner un possible... embarras, j'ai jugé préférable de le lui remettre en tête à tête. D'ailleurs, si tu acceptes de surveiller Nicky un petit instant, je pourrais le faire tout de suite...

Dans un petit rire complice, Marianne accusa le jeune homme de faire rougir son épouse.

— Je sais, admit-il. Mais cela me plaît beaucoup.

Sur ces mots, il entraîna Audrey au premier étage. Voyant qu'elle le suivait d'une démarche hésitante, il lui demanda :

— Tu as peur ? Rassure-toi, il n'y a pas de quoi. Mais j'espère que ce cadeau fera renaître la femme que j'ai connue jadis.

Il lui tendit un énorme paquet entouré de papier crépon.

— Tiens, prends-le ! Je suis certain que Marianne ne te laissera pas en paix tant que tu ne lui auras pas révélé de quoi il s'agit... Allez, ouvre-le ! Tout autre que toi montrerait plus d'enthousiasme et de curiosité !

Sachant qu'elle ne pouvait lui échapper, Audrey entreprit de défaire les rubans. Quand elle lut le nom de la boutique sur l'étiquette, elle fronça imperceptiblement les sourcils. Mais quelle ne fut pas son indignation lorsqu'elle découvrit le contenu du paquet !

D'une main tremblante, elle sortit un soutien-gorge en satin noir, bordé de dentelles affriolantes, un slip assorti, si minuscule qu'il en frôlait l'indécence, un porte-jarretelles ancienne mode et une paire de bas de soie. Au fond de la boîte, elle trouva également une chemise de nuit et un déshabillé taillés dans le même tissu.

Son visage était pâle comme le marbre.

— Comment oses-tu m'acheter des choses pareilles ! articula-t-elle d'une voix chevrotante. Comment oses-tu ?

— Je voulais seulement te rappeler que tu étais une femme.

Il la regardait avec nonchalance, les mains plongées dans les poches de son blue-jean. Il affichait la plus grande décontraction.

— Ou peut-être ai-je souhaité me le rappeler à moi-même, continua-t-il d'un ton neutre.

Mais son visage se rembrunit quand il la vit rejeter avec force le paquet sur le lit.

— Sors de cette chambre ! ordonna-t-elle. Et ne te fais pas d'illusions. La femme que tu as connue jadis n'existe plus. Tu l'as détruite à jamais.

Il s'exécuta sans mot dire. Tel un automate, elle rangea une à une les pièces de lingerie dans leur boîte. Ce genre de sous-vêtements convenait davantage à une femme comme Louise. Elle enfouit le paquet au fond d'un tiroir, et, s'efforçant de se ressaisir, elle regagna le patio.

— Vous êtes bien pâle ! constata Marianne en voyant arriver la jeune femme. Vous vous sentez mal ?

— Non, je vais très bien, merci. Où est Nicky ? s'enquit-elle en jetant autour d'elle un regard inquiet.

— Louise a voulu se rendre à Nice. Kenny l'a accompagnée et Nicky a insisté pour les suivre.

Elle plissa le front avant de poursuivre :

— Je suis vraiment désolée de l'intrusion de Louise. Sa mère est une de mes meilleures amies. Mais j'avoue ne pas porter à sa fille une bien grande affection...

— Elle semble prendre un malin plaisir à jouer les séductrices, répondit Audrey après un temps. Ai-je tort de penser qu'elle a eu une aventure avec Kenny autrefois ?

Marianne esquissa un faible sourire.

— C'est exact, en effet. Mais je suis persuadée que Kenny n'a jamais ressenti à son égard qu'un pur attrait... physique. Il sortait d'une bien pénible maladie quand ils ont fait connaissance. Dois-je vous avouer qu'à cette époque, j'étais plutôt favorable à leur relation... Il était si déprimé ! Vous savez, Audrey, il a traversé une période vraiment difficile. Je vous en ai énormément voulu à cette époque. Mais je dois reconnaître maintenant que vous êtes fort différente de la femme que j'avais imaginée...

— Vous m'en avez voulu ? répéta Audrey, incrédule. Je ne comprends pas.

Marianne ne dissimula pas sa surprise.

— Ma chérie, je ne voudrais pas rouvrir des plaies encore mal cicatrisées, mais lorsque Kenny est rentré d'Afrique, il était si malade que j'ai cru que vous reviendriez sur votre décision. Il m'avait déjà parlé de votre première lettre et je suis parvenue à le convaincre de vous écrire à nouveau. Quand sa seconde lettre lui a été retournée, je me suis mise à vous détester sans vous connaître...

Elle s'interrompit, alarmée par la pâleur de son interlocutrice.

— Oh, ma chérie, je vous prie de me pardonner. Je n'aurais pas dû faire ainsi resurgir le passé...

— Au contraire, vous avez bien fait, coupa Audrey d'une voix chevrotante. Parce que, pour dire toute la vérité, je n'ai jamais écrit à Kenny de toute mon existence. Pas même quand il m'a laissée pour affronter seule la presse et la justice. Et pas davantage quand j'ai appris ma grossesse. J'avais juré de ne jamais le faire. Il m'avait fait comprendre assez clairement qu'il ne voulait plus rien avoir à faire avec moi...

— Vous vous trompez, Audrey. C'est un affreux malentendu. Quand il est rentré d'Afrique, il ne cessait de me parler de vous. Je désespérais de le voir un jour sortir de sa torpeur. J'étais sur le point de vous écrire, tant j'étais persuadée que le fait de vous revoir l'aiderait à lutter contre cette terrible maladie...

— Je vous en supplie, fit Audrey d'un ton implorant. Je ne comprends pas de quoi vous voulez parler. Kenny m'a abandonnée après avoir fouillé mon appartement pour réunir des preuves contre James Meyer. Je ne l'ai jamais revu. Je me suis réveillée ce matin-là...

Sa voix mourut au fond de sa gorge, à l'évocation de ce pénible souvenir. Elle prit une profonde inspiration avant de poursuivre courageusement :

— ... Je m'attendais à me trouver entre ses bras. Mais il avait disparu. Le même soir, j'étais interrogée par les policiers et accusée de complicité dans l'affaire Meyer.

Marianne, interloquée, ouvrait de grands yeux.

— Mon Dieu, Audrey ! Je suis sincèrement désolée. J'ignorais que...

— J'ai attendu qu'il reprenne contact avec moi. Pendant tout le déroulement du procès, j'ai espéré qu'il donnerait un jour signe de vie. Mais rien... jamais...

— Ma pauvre enfant ! s'exclama Marianne avec compassion. Comment aurait-il pu vous contacter ? Le matin même de la parution de son article, il apprenait son départ immédiat pour l'Afrique, pour l'Angola exactement. Il devait remplacer un de ses confrères mort au cours d'un reportage. Il a tout fait pour gagner du temps, mais le directeur du journal ne lui a pas accordé une seule minute.

— Il aurait pu au moins me laisser un mot avant de partir...

— Mais il l'a fait. Il me l'a dit. Il vous a écrit pour vous supplier de lui faire confiance, et vous promettre de tout vous expliquer à son retour.

— Cette lettre ne m'est jamais parvenue, affirma Audrey en essayant de se rappeler le déroulement de cette triste matinée.

Susan ! La jeune fille aurait-elle été capable d'intercepter le courrier de son amie ? Avait-elle essayé de se venger des révélations d'Audrey ?

— Avez-vous une idée ? questionna Marianne en remarquant l'air soucieux de la jeune femme.

— Oui... la jeune fille qui partageait l'appartement avec moi. Elle a passé la matinée à la maison et peut-être...

— Elle aurait très bien pu s'approprier cette lettre et y répondre à votre place ! C'est ce que vous pensez ?

— Oui. Mais cela n'explique pas pourquoi il n'a jamais tenté de me revoir par la suite...

— Audrey, il ne le pouvait pas, glissa doucement la vieille dame. Il est resté prisonnier pendant six mois. Finalement, il est parvenu à s'échapper. Près de la frontière, on l'a trouvé mourant. Il a dû passer deux mois à l'hôpital. Quand il est revenu en France, il ne lui restait plus que la peau et les os. Cette maudite fièvre l'avait totalement anéanti. Dans son délire, il me parlait sans cesse d'une certaine « Betty ». Cette histoire Meyer l'avait rendu fou. Il avait tout fait pour retarder la publication de l'article, afin de vous expliquer les choses lui-même. La direction du journal ne l'a pas écouté, craignant que l'affaire ne soit révélée par un concurrent... Pendant très longtemps, j'ai cru qu'il ne recouvrerait jamais sa santé. Il ne déployait aucun effort pour se sortir de ce mauvais pas. J'ai fini par vous écrire, pour vous supplier d'entrer en contact avec nous. Quand la lettre nous est parvenue intacte, quelque chose a changé en lui. Il est devenu plus dur, plus froid. Et quand Louise est arrivée, quand j'ai vu qu'elle parvenait à le faire rire, alors j'ai vu qu'il surmonterait cette pénible épreuve.

135

Audrey était agitée par une foule d'émotions intenses.

— J'ai déménagé, expliqua-t-elle d'une voix à peine audible. J'ai dû changer de nom à cause de toute la publicité qui entourait le jugement. Et puis j'ai acheté une maison... pour Nicky.

De grosses larmes roulaient sur ses joues et, peu à peu, de violents sanglots se mirent à secouer son corps tout entier. Marianne la prit par les épaules et entreprit de la réconforter.

— Je crois que tout cela mérite une bonne tasse de thé, fit-elle après un temps.

Audrey lui adressa un pâle sourire. Pourquoi Kenny ne lui avait-il pas révélé lui-même tout ce que sa marraine venait de lui apprendre ?

— Vous l'aimez, n'est-ce pas ? questionna cette dernière.

— Que diriez-vous si je répondais « non » ? plaisanta Audrey avec effort.

— Je vous traiterais de menteuse ! répliqua la vieille dame sans l'ombre d'une hésitation. Savez-vous qu'à l'occasion de votre anniversaire, Héloïse prépare un repas spécial pour ce soir ? J'espère que vous serez remise de vos émotions et que vous pourrez lui faire honneur.

Mais les efforts que déployait Marianne pour tenter d'égayer le visage de son interlocutrice, restaient sans effet.

— Audrey, il faut vous ressaisir. Je sais qu'il est toujours très facile de donner des conseils. Je sais aussi, malgré toutes les précautions que vous avez prises pour le cacher, que les choses ne sont pas au mieux entre Kenny et vous. C'est un homme très orgueilleux et je crois qu'il a peur de s'exposer à un second échec. Faites-lui comprendre vos sentiments à son égard. Je suis certaine qu'il se montrera

136

indulgent. Vous possédez un atout important : Nicky. Vous avez porté son enfant alors que vous pensiez qu'il vous avait abandonnée. Je crois qu'il finira par vaincre son orgueil et par vous prouver sa reconnaissance.

Les révélations de Marianne occupèrent les pensées de la jeune femme tout le reste de la journée. A son retour de Nice, Kenny donna une leçon de natation à son fils. La mine renfrognée de Louise en disait long sur ses sentiments à l'égard du petit garçon.

— Et si nous allions au restaurant ce soir ? suggéra-t-elle en s'allongeant sur le bord de la piscine.

— C'est l'anniversaire d'Audrey, intervint Marianne. Héloïse a préparé un repas de circonstance. Mais si vous tenez à sortir, Louise, ne vous en privez surtout pas.

Une lueur d'indignation brilla dans le regard de la jeune Française. Puis elle se redressa et se tourna vers Audrey.

— Ainsi, c'est votre anniversaire ! Kenny vous a-t-il offert un cadeau ?

Audrey soupçonnait Louise d'avoir incité son mari à acheter les pièces de lingerie. Elle n'en laissa rien paraître et répondit le plus naturellement du monde :

— Oui, bien sûr... et je crois que je le porterai ce soir.

Louise, désarmée, fit mine de ne pas comprendre. Kenny, quant à lui, ne semblait pas avoir entendu les paroles de son épouse. Les explications de Marianne avaient armé Audrey d'un immense courage, et elle se sentait capable de choses qu'elle n'aurait pas même envisagées un jour auparavant. Elle savait

137

qu'en redevenant la femme qu'elle était jadis, elle aurait une chance de faire renaître leur amour.

— Regarde, maman, je nage ! s'écria Nicky en exécutant les gestes que son père venait de lui apprendre.

— C'est très bien, mon chéri, commenta distraitement Audrey, tout en se remettant en mémoire le contenu de sa garde-robe. Pensez-vous que François puisse me conduire à Nice ? fit-elle à l'adresse de Marianne. Je viens de me souvenir que je n'avais rien de très élégant à porter ce soir.

Marianne éclata d'un rire amusé.

— Eh bien ! J'ai du mal à reconnaître la jeune personne qui affirmait hier encore qu'elle n'avait besoin de rien ! François se fera un plaisir de vous emmener. Et je serais moi aussi ravie de vous accompagner...

Cette fois, Audrey savait exactement ce qu'elle voulait. Sous les yeux étonnés de Marianne, elle passa plusieurs robes et les examina avec attention.

— Mais que cherchez-vous exactement ? interrogea la vieille dame, intriguée par son attitude.

— Quelque chose que je puisse porter sur des sous-vêtements en dentelles.

Marianne haussa les sourcils en signe de perplexité. Mais elle eut tôt fait de saisir le sens de ces paroles.

— Ah ! J'y suis ! C'était donc cela, le mystérieux cadeau. Je crois connaître la boutique que vous recherchez.

Une demi-heure plus tard, elles retournaient à la voiture en bavardant gaiement. Audrey venait d'acheter un ensemble en soie couleur pêche, comportant une jupe étroite et fendue, et un corsage sans manches, très ajusté. Mariane lui avait également conseillé une paire de chaussures à talons très hauts qui, en dépit de leur prix exhorbitant, n'étaient autres que des sandales fines, munies de lanières de cuir.

Audrey attendit que Kenny soit lui-même habillé pour s'apprêter en vue du dîner d'anniversaire. Elle attacha ses cheveux au-dessus de sa tête et prit un bain très chaud. Une fois séchée, elle s'aspergea le corps tout entier d'eau de toilette. Quand elle retira la lingerie de satin du tiroir, ses mains se mirent à tembler. Jamais elle n'avait tenté de séduire un homme comme elle envisageait de le faire ce soir.

L'image que lui renvoya le miroir la fit rougir de confusion. Elle venait d'enfiler le porte-jarretelles et les bas lorsque Kenny fit irruption dans la chambre. Le spectacle qu'il découvrit le laissa sans voix. Peu à peu, il se ressaisit et un sourire malicieux naquit au coin de ses lèvres.

— Je savais bien que cela arriverait un jour ! fit-il d'un air satisfait. Mais je donnerais cher pour connaître la raison de ce changement !

Audrey fut incapable d'articuler un seul mot.

— Je vais m'occuper de Nicky pendant que tu achèves tes préparatifs, reprit-il vivement. A moins bien sûr que tu ne sollicites mon aide…

A cet instant, la jeune femme eût souhaité avoir suffisamment de sang-froid pour le prier de rester.

Comme elle restait muette, Kenny se rendit dans la chambre de son fils. Elle prit une profonde inspiration pour apaiser le tremblement de ses mains qui l'empêchait d'agrafer les minuscules boutons de son corsage.

Elle s'assit devant sa coiffeuse, dessina une légère ombre verte sur ses paupières et passa un peu de rouge sur ses lèvres frémissantes. Quand elle descendit au rez-de-chaussée, elle sentit l'étoffe de sa jupe crisser doucement le long de ses jambes. Etait-ce le doux contact de la soie contre sa peau qui faisait naître en elle ce frisson dè désir ? A cet instant, elle aurait tout donné pour que Kenny prît possession de son corps...

Lorsqu'elle vit Audrey entrer dans la salle à manger, Louise ne parvint pas à dissimuler sa jalousie. La jeune Anglaise éprouva un vif sentiment de triomphe en comprenant que, ce soir, elle était indéniablement la plus belle et la plus désirable.

Après un cocktail composé de rhum et de fruits exotiques, Héloïse disposa sur la table un superbe canard à l'orange et un plat de légumes frais. Audrey n'avait jamais mangé de mets aussi raffiné, et elle ne cacha pas son admiration pour les talents de la cuisinière.

Le repas était arrosé d'un vin blanc sec légèrement pétillant que la jeune femme dégusta avec délices. Au moment du dessert, uné douce chaleur envahissait son corps tout entier, et colorait ses joues d'un rose inhabituel.

Les crêpes suzette furent suivies d'une salade de fruits des plus rafraîchissantes. Malgré les protestations de son épouse, Kenny insista pour lui servir une coupe de champagne. Elle trempa délicatement les lèvres dans son verre et sentit le liquide brûlant descendre le long de sa gorge.

Après le café, Marianne conduisit ses hôtes au salon, où elle engagea une longue conversation avec Louise, au grand dam de cette dernière. Kenny leur tournait le dos, les yeux obstinément fixés dans l'obscurité de la nuit.

— Je crois que je vais aller me coucher, annonça Audrey d'une voix hésitante.

Il n'était que dix heures, mais Kenny se déciderait peut-être à la suivre. Elle lui lança un regard furtif, espérant de tout son cœur qu'il prendrait congé à son tour et se retirerait avec elle. Comme il ne bougeait pas, la jeune femme sortit de la pièce à pas lents.

Quand elle eut regagné sa chambre, elle s'assit sur le bord de son lit, les yeux rivés sur la porte, attentive au moindre son qu'elle percevait dans la montée d'escalier. Une demi-heure plus tard, Kenny ne l'avait toujours pas rejointe. Son humeur joyeuse cédait peu à peu la place à une indicible tristesse.

Peut-être n'avait-elle pas rendu son invitation assez claire ? A moins que son mari se refusât à passer le reste de la soirée en sa compagnie...

Elle patienta encore un quart d'heure puis, lasse d'attendre, elle laissa échapper un profond soupir, sortit furtivement de la maison et marcha en direction de la piscine. Quand elle eut longé le vaste bassin, plongé dans l'obscurité, elle s'engagea dans l'étroit sentier qui conduisait à la plage.

Le bruit régulier des vagues qui venaient se fendre sur les rochers parvint peu à peu à apaiser son angoisse. L'air marin effleurait délicieusement son visage. Soudain submergée par un besoin qu'elle ne comprenait pas d'elle-même, elle ôta un à un ses vêtements de soie. Une légère brise caressa sa peau et, comme une somnambule, elle pénétra dans l'eau fraîche où se reflétaient les pâles rayons de lune.

Elle n'avait jamais pris de bain de minuit, et ne parvenait à comprendre l'élan irrésistible qui l'avait poussée au milieu des vagues. Bientôt, elle cessa de se tourmenter et s'abandonna tout entière au plaisir de sentir l'eau salée caresser délicatement son corps nu et frémissant.

Quand elle aperçut une ombre se dessiner sur la petite plage, son cœur s'arrêta de battre. Presque immobile, elle vit l'homme se diriger vers la pile de vêtements négligemment posés sur le sable. Il se déshabilla à son tour, courut dans l'eau et la rejoignit en quelques brasses puissantes.

— Kenny ! murmura-t-elle avec ravissement.

Elle s'éloigna vivement, sachant qu'il la rejoindrait et la prendrait entre ses bras pour l'embrasser à perdre haleine.

— Qu'es-tu ce soir ? Une déesse de la mer ? Une sirène décidée à me séduire ?

— Je ne suis qu'une femme, chuchota-t-elle en essayant de fuir ses mains robustes.

Elle riait comme une enfant, heureuse de se sentir vivre à nouveau. Il eut tôt fait de l'emprisonner entre ses bras et de l'attirer vers le rivage.

Quand ils atteignirent la plage, Kenny la souleva légèrement et la conduisit sur un tas de sable nettoyé par le flux et le reflux des vagues. Il la déposa sur le sol avec délicatesse et la recouvrit de tout le poids de son corps viril.

Sans mot dire, Audrey lui caressa le visage, tandis qu'il laissait errer ses doigts agiles sur son corps. Pour la première fois, la jeune femme saisit la nuque de son compagnon à la recherche d'un baiser brûlant. Il répondit à ses caresses avec ardeur et fit naître en elle un désir encore jamais éprouvé.

Leurs deux corps enlacés roulaient sur le sable fin et le balancement régulier des vagues venait bercer leurs ébats. Audrey, l'esprit libéré de toute crainte et de toute retenue, promenait amoureusement ses lèvres chaudes sur la peau salée de Kenny et caressait de ses mains frémissantes le torse musclé de son compagnon.

Elle laissa échapper un gémissement de plaisir et une douce inconscience vint baigner son cerveau. Ce soir, il pourrait faire d'elle tout ce qu'il voudrait. Elle s'offrait à lui avec une joie et une ferveur dont elle ne s'était pas crue capable jusqu'à ce jour.

Sans honte, elle répondait à ses étreintes et le suppliait de prendre possession de son corps, ne pouvant résister plus longtemps au désir impérieux qui faisait vibrer sa chair.

Soudain, il se redressa et la considéra avec attention.

— Maintenant, commença-t-il d'une voix enrouée, je veux que tu me dises que tu n'es pas une vraie femme et que tu ignores ce que signifie le mot « désir »...

Une sourde angoisse l'étreignit. Le regard de Kenny avait perdu toute sa tendresse : il était empli d'une lueur de dédain qui l'effrayait au plus haut point.

— Et je vais aussi t'apprendre une chose, poursuivit-il d'un ton hostile. Je suis persuadé que tu seras une excellente élève... Je vais t'apprendre à ressentir la frustration de quelqu'un que l'on rejette, comme tu sais si bien le faire.

Un sourire cruel déforma ses traits.

— Tu vois, Audrey, rien n'est plus simple. Je n'ai qu'à me lever et m'en aller. Tu m'as dit un jour que tu refuserais toute relation physique sans amour. Eh bien, ce soir, je n'éprouve pas l'ombre d'un sentiment pour toi. Allons, la plaisanterie a assez duré...

Sans rien ajouter, il relâcha son étreinte et la laissa allongée sur le sable, l'esprit torturé d'interrogations sans réponses et le corps tourmenté d'un désir non satisfait.

Elle parvint tant bien que mal à regagner sa chambre. Pas le moindre signe de la présence de Kenny. Les confidences de Marianne l'avaient à ce point bouleversée, qu'elle n'avait plus songé à son attitude des jours précédents. Par ses réactions imprévisibles et ses constantes rebuffades, elle avait sans nul doute suscité un trouble profond chez son compagnon.

Elle aurait dû prévoir ce besoin de vengeance d'un homme humilié, bafoué dans son orgueil. Pourquoi s'était-elle astreinte au silence ? Pourquoi ne lui avait-elle pas avoué que jamais ses lettres ne lui étaient parvenues ? Mais à quoi bon ? S'il avait éprouvé le plus petit penchant pour elle, il ne l'aurait pas traitée de la sorte ce soir-là...

Audrey se sentit alors gagnée par le découragement. Elle était à bout de nerfs et à bout de forces. Un sentiment de défaite animait chacune de ses pensées. Les événements de la soirée lui avaient ôté toute envie de reconquérir son mari.

Comment oserait-elle l'affronter après lui avoir si clairement dévoilé son amour ? De longs sanglots la parcoururent et des larmes amères roulèrent sur ses joues. Elle aurait aimé trouver l'oubli dans un sommeil éternel...

10

— Vous étiez sur la plage avec Kenny la nuit dernière, n'est-ce pas? demanda Louise de sa voix mielleuse en trempant un croissant dans son bol de café.

Audrey sentit le rouge lui monter aux joues. Cette femme avait la détestable manie de se mêler des affaires des autres.

— Vous y étiez, c'est bien vrai? insista-t-elle en se tournant vers Kenny.

— Oui, Audrey avait envie de faire quelques brasses, répondit brièvement le journaliste.

Mais comment Louise savait-elle où ils avaient passé la soirée? Les avait-elle suivis? Avait-elle été le témoin indiscret de leurs folles étreintes?

Dans le courant de la matinée, la jeune Française reçut un coup de téléphone de Paris. Quelques minutes plus tard, elle faisait irruption dans la pièce et annonçait à la cantonnade :

— C'était Jean-Paul, un de mes vieux amis. Il veut que je rentre à Paris. Qu'en pensez-vous, chéri? questionna-t-elle en jetant une œillade provocante en direction de Kenny. Pourrez-vous vous passer de ma compagnie?

— C'est à toi de prendre cette décision, intervint

Marianne avec fermeté. Jean-Paul s'est montré très patient jusqu'à aujourd'hui. Mais crois-moi : aucun homme n'attend éternellement. Et, d'après ce que m'a confié ta mère, c'est quelqu'un de très courtois et de très séduisant...

Les paroles de Marianne exercèrent un effet manifeste sur le comportement de Louise. Elle se précipita dans le salon, composa le numéro de téléphone d'une compagnie aérienne et retint une place sur le vol Nice-Paris de fin de matinée.

— M'emmènerez-vous à l'aéroport, Kenny ?

Ne pouvant supporter plus longtemps de voir Louise déployer ses charmes devant son mari, Audrey prétexta une migraine et se retira dans sa chambre. La température était descendue de plusieurs degrés, et le vent du nord qui soufflait depuis le matin avait accru sa nervosité.

Peu après, Héloïse lui apporta une infusion et lui expliqua que le Mistral s'était levé.

— Cette région serait un véritable paradis sans ce vent violent et pénible.

Quand la cuisinière se fut retirée, la jeune femme se sentit gagnée par une irrésistible somnolence. Elle ignorait si Kenny avait conduit Louise à l'aéroport. Mais que lui importaient les faits et gestes de cet homme ! Jadis, elle avait souhaité l'amour de Kenny Blake sans parvenir à l'obtenir. Pourquoi n'avait-elle tiré aucune leçon du passé ?

Accablée de désespoir, elle ferma les paupières et tenta de se réfugier dans le sommeil.

Une heure plus tard, elle se réveillait en sursaut, la poitrine serrée par une sourde inquiétude. Où était Nicky ? Elle se précipita dans la chambre du petit garçon. Personne...

Affolée, elle courut dans la cuisine mais Héloïse avait disparu. Etait-ce son après-midi de congé ? Le

146

silence de la maison l'emplit d'un terrible sentiment de panique. Où étaient-ils tous partis ?

Elle marcha en hâte en direction de la chambre de Marianne, dans l'espoir de trouver la vieille dame allongée sur son lit. La pièce était déserte.

— Nicky ! hurla-t-elle avec anxiété.

Elle sortit de la villa en courant, et, mue par un sombre pressentiment, se dirigea vers la piscine, craignant à chaque seconde de découvrir le corps inerte de son fils flottant dans les eaux du vaste bassin. N'y trouvant signe de vie, elle fouilla la maison de fond en comble et examina attentivement tous les recoins du jardin.

Les autres avaient dû sortir en pensant que l'enfant était avec sa mère. Des larmes perlèrent aux coins de ses paupières. Mais elle refusa de se laisser aller au désespoir.

Le portail menant à la plage attira soudain son attention et, l'espace d'un instant, elle sentit la peur la paralyser. Ces escaliers étaient bien trop abrupts pour un petit garçon de deux ans...

D'une démarche mal assurée, elle descendit jusqu'à la plage, ne cessant de lancer désespérément le nom de Nicky, malgré les assauts du vent qui fouettaient son visage. S'était-il perdu ? La mer l'avait-elle englouti ? Elle regarda les vagues avec appréhension.

— Non, Seigneur ! Ce n'est pas possible !

Elle retourna en toute hâte à la villa. Kenny n'était jamais là quand elle avait besoin de lui. Elle tomba en arrêt devant le téléphone. Que pouvait-elle faire ? Si, par chance, elle parvenait à joindre le poste de police, comment pourrait-elle expliquer aux gendarmes l'objet de son appel ? Elle ne parlait pas un mot de français.

Le ronflement d'un moteur la tira de sa torpeur et

la précipita au-dehors. Elle vit avec soulagement la voiture de Kenny s'approcher de la maison. Quand il amorça un arc de cercle pour garer son véhicule devant le garage, elle crut qu'il allait repartir.

Voulant à tout prix l'en empêcher, elle se jeta au devant du capot. Kenny n'eut pas le temps de l'éviter, et le pare-choc heurta la frêle silhouette de la jeune femme. Audrey entendit un crissement de pneus, le claquement d'une portière et le pas précipité de son mari.

— Es-tu complètement folle ? As-tu envie de te tuer ?

Elle essaya de lui confier ses inquiétudes au sujet de Nicky, mais les mots moururent au fond de sa gorge. Une chape de plomb s'abattit sur son cerveau, et elle sombra dans l'inconscient.

De terribles cauchemars agitaient son sommeil. Elle courait à perdre haleine à la rencontre de son fils, mais Nicky s'obstinait à la fuir. Kenny apparaissait de temps à autre dans son rêve, lui demandant d'un air menaçant ce qu'elle avait bien pu faire de son enfant. Elle le suppliait de la pardonner, mais il continuait à l'interroger d'un ton accusateur.

A son réveil, elle sentit une présence au pied de son lit. Elle ouvrit les yeux, et, peu à peu, reconnut l'endroit où elle se trouvait. Soudain, elle croisa le regard de Kenny.

— Où est Nicky ? gémit-elle. Où est-il ?

— Il va bien. Il est avec Héloïse. Et il se fait beaucoup de souci à ton sujet. Mais pourquoi t'es-tu jetée ainsi au travers de ma route ?

— Je cherchais Nicky partout... et j'étais toute seule dans la maison... Je...

Elle se mordit les lèvres et tenta de refouler les larmes qui mouillaient ses paupières.

148

— Il n'était pas perdu, petite sotte. J'avais demandé à Louise de t'expliquer que nous l'emmenions à l'aéroport avec nous pour voir les avions...

— Il était donc avec toi ! Je... je l'ignorais. Je n'ai pas reçu ton message.

Elle eut un petit rire nerveux.

— Ce n'est pas la première fois que cela arrive, fit Kenny d'un air énigmatique. Sais-tu que tu sors d'une fièvre qui a duré plus de trois jours ?

— Vraiment ? questionna-t-elle, incrédule. Puis-je voir Nicky ? Je t'en supplie, Kenny, n'essaie pas de me faire du mal. Laisse-moi voir mon fils...

— Je n'ai jamais eu l'intention de te faire du mal, répondit le journaliste d'un air renfrogné. Je vais demander à Héloïse de le faire monter. Après, il faudra que tu dormes.

Quelques instants plus tard, le petit garçon se jetait dans les bras de sa mère.

— Oh, mon chéri ! murmura-t-elle d'une voix enrouée. Comme je suis heureuse de te voir...

— Allez, retourne avec Héloïse maintenant, glissa Kenny. Ta maman a besoin de repos.

— Oui, je sais, répondit Nicky en hochant la tête. Parce qu'elle a été très, très malade...

— Je vais beaucoup mieux aujourd'hui, assura Audrey d'une voix douce.

Quand la cuisinière eut emmené l'enfant, Kenny se tourna vers son épouse.

— Pourquoi t'obstines-tu à croire que je veux te faire du mal ? interrogea-t-il à brûle-pourpoint.

— C'est que... je...

— Dans tes rêves, dans ton délire, tu le répétais sans cesse. Tu me suppliais de te pardonner, et de ne plus te faire souffrir.

— J'avais peur que tu m'accuses de ne pas m'occuper correctement de Nicky, expliqua Audrey

d'une voix hésitante. Peux-tu me laisser maintenant… je suis si fatiguée…

Elle ne pouvait endurer plus longtemps les questions du jeune homme. Plus que jamais, elle redoutait de se trahir et de lui révéler les sentiments qui
l'animaient depuis le premier instant de leur rencontre au Daily Globe.

Restée seule, elle se leva pour détendre ses
membres engourdis. Elle passa rapidement sous la
douche, s'allongea, et sombra à nouveau dans un
lourd sommeil.

Lorsqu'elle s'éveilla, la pièce était plongée dans
l'obscurité. Dans un mouvement de panique, elle se
redressa et appela Kenny d'une voix affolée. Elle vit
alors une silhouette remuer à ses côtés. Le journaliste la prit délicatement entre ses bras.

— Audrey…

— Ne me touche pas ! hurla-t-elle. Tu te moques
bien de moi. Seul Nicky a de l'importance à tes
yeux…

Il caressa tendrement ses cheveux ébouriffés.

— Voudrais-tu qu'il en soit autrement ?

Sa voix était douce et son regard affectueux. Le
cœur de la jeune femme se mit à battre éperdument.

— Souhaiterais-tu refaire la conquête de mon
cœur, Audrey ? Est-ce pour cela que tu t'es offerte à
moi l'autre soir, sur la plage ?

Il laissa errer ses lèvres sur les épaules nues de son
épouse. Comme elle restait muette, il poursuivit :

— Moi qui croyais que tu te jouais de moi !

Il caressa son visage du bout de ses doigts. Audrey
s'efforçait de ne rien laisser paraître de son émoi.
Elle réprima les frissons qui parcouraient son corps.

Kenny eut un petit rire malicieux.

— Non, Audrey, tu ne me feras plus croire que

mes caresses te répugnent. La sirène qui me couvrait de mille baisers ne peut avoir disparu aussi vite, c'est impossible…

Comme pour mieux s'en assurer, il déposa un tendre baiser sur sa bouche, tout en caressant avec délicatesse le bas de son dos. Incapable de dissimuler plus longtemps ses sentiments, la jeune femme céda enfin au courant impérieux qui affolait ses sens. Elle étreignit le corps de son compagnon.

— Cette fois, aucun de nous n'a le droit de reculer, dit Kenny. Cessons là ces jeux stupides.

Il recouvrit sa silhouette gracile de tout le poids de son corps embrasé de désir.

— Kenny, supplia Audrey, ne me laisse pas…

Bientôt, une vague de plaisir parcourait leurs deux corps enlacés, et ils sombraient dans une extase qui cette fois ne connut pas d'entrave.

— Tu es bien ? demanda-t-il peu après, la tête nonchalamment appuyée sur l'un de ses avant-bras. Est-ce à cause des confidences de Marianne que tu t'abandonnes ainsi à mes caresses ? Veux-tu connaître toute la vérité ?

Incapable d'articuler un mot, la jeune femme détourna le regard. Puis, la gorge nouée, elle hocha silencieusement la tête, prête à endurer ses aveux.

— L'autre soir, sur la plage, j'ai eu le sentiment d'avoir près de moi la femme la plus belle et la plus désirable qui puisse exister. Et puis, la façon dont ton corps vibrait… Je ne pouvais y croire… Sais-tu depuis combien de temps j'avais rêvé de cet instant ? Pendant tous ces mois interminables passés en Afrique, puis tout au long de ma maladie, je n'ai cessé de songer à toi. Peu à peu, je me suis mis à te détester. Je comprenais ton amertume, mais je n'aurais jamais cru que tu me rejetterais de cette façon. J'ai essayé de me convaincre que je pouvais t'oublier. A cette époque, on m'a offert un poste aux États-Unis et sans hésiter, j'ai saisi la chance qui s'offrait à moi. Il fallait à tout prix que je m'éloigne de Londres où ton image me hantait. Et puis, à mon retour d'Amérique, je t'ai retrouvée au Daily Globe. Je ne pouvais en croire mes yeux. Mais comme tu avais changé ! Tu étais froide et distante, et tout laissait supposer que tu nourrissais une profonde rancœur à mon égard. Quand tu m'as accusé d'avoir détruit la « Betty » que tu étais jadis, j'ai refusé de te croire. Je pensais seulement que tu voulais à tout prix me voir souffrir. Mais, quand j'ai appris l'existence de Nicky, il m'a semblé que les pièces d'un immense puzzle commençaient à s'ajuster devant mes yeux. J'ai compris alors ton désir de vengeance ; je t'avais abandonnée avec un enfant.

Il laissa échapper un profond soupir avant de poursuivre :

— Mon retour ne servait à rien : il était trop tard pour me racheter. Pourtant, j'aurais tant aimé que tu m'acceptes à nouveau, j'aurais tant voulu me confier à toi. Mais l'affaire Meyer t'avait fait trop de mal. Comme j'ai regretté d'avoir agi ainsi ! A l'époque, j'étais persuadé que je pourrais t'expliquer les choses calmement et que tu ne m'en voudrais pas outre mesure. J'avais l'intention de demander ta main, aussitôt mon reportage terminé. La suite, tu la connais : mon brusque départ pour l'Angola, ma longue maladie, mon séjour à New York et ma nomination au Daily Globe. Au fond de mon cœur, je savais que notre amour ne pouvait s'achever ainsi. Tu t'étais donnée à moi avec tant d'ardeur, avec tant de reconnaissance éperdue…

Une intense émotion parut l'étreindre à l'évocation de ce souvenir. Peu à peu, il recouvra son calme et put reprendre le cours de son récit d'une voix affermie.

— Audrey, je ne t'ai pas épousée uniquement pour donner un nom à mon fils. Dès l'instant où je t'ai revue dans le bureau de Douglas, j'ai su que j'avais terriblement besoin de toi. Mais l'éclat de haine que j'avais perçu dans ton regard m'avait bouleversé. Aussi, notre mariage ne m'a-t-il pas suffi. Je n'avais qu'une obsession : refaire ta conquête et retrouver la femme chaleureuse et aimante que j'avais connue autrefois...

— Mon Dieu, que de bonheur gâché ! Je croyais, moi, que ta seule envie était de me torturer pour assouvir ta soif de vengeance...

— Je le sais maintenant. Quand Marianne m'a révélé que tu n'avais jamais reçu mes lettres, je me suis pris à espérer que tu mentais et que tu n'osais m'avouer ton amour. Puis j'ai songé : à quoi bon ? Pourquoi dissimulerait-elle la vérité aujourd'hui ?

— Susan aura sans doute intercepté ta lettre, murmura Audrey, la gorge serrée.

Les mains de Kenny erraient lentement sur ses épaules nues.

— J'étais persuadée que tu m'avais abandonnée, expliqua-t-elle d'une voix blanche. J'étais désespérée. Notre nuit d'amour avait été la chose la plus merveilleuse de toute mon existence. Pendant très longtemps, j'ai espéré ton retour... mais tu ne m'as jamais donné signe de vie. Et puis il y a eu le procès, et quand j'ai donné naissance à Nicky... la seule pensée que jamais tu ne connaîtrais notre enfant me blessait au plus profond de moi-même...

— J'ai cru te perdre à jamais. Notre mariage m'est apparu comme l'unique espoir de faire renaître ton amour...

— Je n'ai jamais cessé de t'aimer, confessa la

jeune femme. J'essayais de te détester, mais cela m'était impossible. Quand Marianne m'a appris la vérité, quand j'ai su que tu m'avais aimée autrefois, alors... alors j'ai pensé que si je dévoilais mes sentiments, nous pourrions arriver à oublier le passé...

— C'est pourquoi tu t'es offerte à moi avec tant de ferveur, coupa Kenny avec douceur. Et moi, comme un idiot, je me suis joué de toi. J'ai gâché le précieux cadeau que tu me tendais... Crois-tu que la mer voudra bien un jour m'offrir à nouveau la sirène que j'ai brutalement repoussée l'autre soir ?

Audrey le fixa d'un regard interrogateur.

— Tu veux dire...

— Je veux dire que, lorsque tu en auras envie, nous pourrons revivre la scène de la sirène et du pêcheur... Mais cette fois, je te promets de t'ouvrir grand mes bras. Quand tu m'auras pardonné... Mais que fais-tu ? Où vas-tu ?

D'un bon, Audrey venait de se glisser hors des couvertures.

— Tu ne devines pas ? demanda-t-elle d'un air malicieux. Il m'est venu tout à coup, figure-toi, l'envie irrésistible de me baigner...

— Mon amour ! fit-il en la prenant par la taille. Je t'aime et je t'aimerai toujours.

Sa voix était rauque et le bonheur éclairait son regard d'une éclatante lumière.

— Je t'aime aussi, Kenny. Eperdument.

Elle le prit par la main et l'entraîna au-dehors. Elle savait que ce soir, ils allaient tous deux concevoir le frère ou la sœur de Nicky. Kenny sèmerait en elle une étincelle de vie, la preuve de son amour éternel...

Les Prénoms Harlequin

AUDREY

fête : 23 juin   couleur : rouge

Le cygne, son animal totem, accorde à celle qui porte ce prénom sa beauté froide et dédaigneuse. Réservée de nature, elle recherche dans la solitude un refuge contre la méchanceté des hommes et accepte rarement de quitter sa tour d'ivoire car, au fond, elle se sait vulnérable...

En changeant de prénom, Audrey Winters veut effacer celle qu'elle était autrefois... la jeune fille confiante que l'amour a cruellement déçue.

Les Prénoms Harlequin

KENNY

Prénom d'origine écossaise, il désigne un être orgueilleux et intransigeant qui ignore le sens du mot « compromis ». Rarement indulgent envers soi-même, il applique des exigences tout aussi draconiennes à son entourage, et ne laisse jamais ses sentiments déborder sur ses décisions. Jamais ou presque…

Car Kenny Blake, lui, ne peut oublier la tendre jeune fille qu'il avait aimée un soir…

Voici l'été!..

Avec ses journées chaudes et ensoleillées, l'été vous invite à la détente et à l'oubli…

Alors, faites provision de rêve, d'aventure et d'émotions heureuses! Sur la plage, à la campagne ou dans votre jardin, partez avec Harlequin, le temps d'un été, le temps d'un roman!

Chaque mois, 6 nouvelles parutions dans Collection Harlequin et Harlequin Romantique, 4 nouvelles parutions dans Collection Colombine et 2 nouvelles parutions dans Harlequin Séduction.

HF-SUM-R

AVEZ-VOUS LU DANS
Collection Harlequin?

330 BIEN CHER ENNEMI...de Margaret Way
Quand Drew McIvor avait décidé de reprendre ses chevaux,
Marnie avait été la seule à comprendre le désarroi de son père.
Ces sordides histoires d'argent allaient causer la perte de son
père. Pourtant, Marnie savait que McIvor n'était pas
entièrement mauvais : il exerçait sur elle trop de charme...

331 LA PETITE POUPEE DE MAIS de Jane Donnelly
Toute sa vie, Philippa avait souffert d'avoir des parents trop
beaux—elle n'avait pas le charme de sa mère et elle s'en était
fait une raison...Pourtant, lorsque Kern Mac Cabe pose les yeux
sur elle, elle se sent enfin belle, sûre d'elle. Etait-ce bien
l'amour ?

332 PRES DES CASCADES D'ARGENT, Margaret Way
Amanda en voulait à Marc Chandler depuis la mort de ses
parents. Aujourd'hui, les rôles étaient renversés : Marc avait
besoin d'Amanda pour prendre soin de sa fillette. Et Amanda
n'avait d'yeux que pour lui.

333 L'ETE COMMENCE A PEINE, Margaret Mayo
En apprenant de ses parents adoptifs que sa mère est encore
vivante, Corrie n'hésite pas à quitter son fiancé pour partir à sa
recherche en Irlande. Mais qui diable avait mis l'arrogant et non
moins séduisant Damon Courtney sur son chemin ?

334 DANS LE MURMURE DES VAGUES, Flora Kidd
Jamais Margret n'aurait modifié son apparence si elle n'avait dû
chercher un emploi : Greg Lindley avait besoin d'une
gouvernante d'âge mûr. La venue de Carl, son cousin, allait-elle
mettre fin à la supercherie de Margret ?

335 DE L'AUTRE COTE DES RECIFS, Marjorie Lewty
Profitant de sa ressemblance avec la fille de son patron, Suzanne
accepte de se rendre aux îles Caïmans...sans se douter des plans
qu'avait échafaudés son patron avec Gérard North ! Serait-il
encore temps de réagir et de sauver la situation ?

336 MISS CATASTROPHE, Jane Corrie
Beth avait quitté son autoritaire fiancé pour rejoindre sa sœur
aux Caraïbes et retrouver sa liberté d'autrefois. Mais Georges
Patterson semble décidé à imposer ses règles. Comment Beth
allait-elle s'en sortir ?

337 LA PIERRE DES VŒUX, Sara Craven
A la mort de son père, Morgana apprend que l'héritier du manoir
familial est hélas, un lointain cousin—Laurent Pentreath.
Celui-ci croit avoir la main mise non seulement sur la propriété
mais aussi sur Morgana ! Allait-elle le laisser faire ?

Collection Harlequin

Les chefs-d'oeuvre du roman d'amour

Recevez *chez vous* 6 nouveaux livres chaque mois... et les 4 premiers sont GRATUITS!

Associez-vous avec toutes les femmes qui reçoivent chaque mois les romans Harlequin, sans avoir à sortir de chez vous, sans risquer de manquer un seul titre.

Des histoires d'amour écrites pour la femme d'aujourd'hui

C'est une magie toute spéciale qui se dégage de chaque roman Harlequin. Ecrites par des femmes d'aujourd'hui pour les femmes d'aujourd'hui, ces aventures passionnées et passionnantes vous transporteront dans des pays proches ou lointains, vous feront rencontrer des gens qui osent dire "oui" à l'amour.

Que vous lisiez pour vous détendre ou par esprit d'aventure, vous serez chaque fois témoin et complice d'hommes et de femmes qui vivent pleinement leur destin.

Une offre irrésistible!

Recevez, *sans aucune obligation de votre part*, quatre romans Harlequin tout à fait *gratuits!*
Et nous vous enverrons, chaque mois suivant, six nouveaux romans d'amour, au bas prix de $1.75 chacun (soit $10.50 par mois) sans frais de port ou de manutention.
Mais vous ne vous engagez à rien: vous pouvez annuler votre abonnement à tout moment, quel que soit le nombre de volumes que vous aurez achetés. Et, même si vous n'en achetez pas un seul, vous pourrez conserver vos 4 livres gratuits!